目次 # CONTENTS

字母會現場

藝術創作者與閱讀

LETTER 專欄

編輯室報告｜　　　　　　　　　　　　　　　　◉莊瑞琳／衛城出版總編輯

現代性：人類文明的輻射演化

　　在演化的研究中，有一個名詞特別讓人感受到生命力的神祕，那就是輻射適應（adaptive radiation）。這麼名詞解釋了一八三五年達爾文到東太平洋的加拉巴哥群島，看到的十四種不同嘴喙的雀鳥，以及東非維多利亞湖為什麼有超過五百種慈鯛，南非開普敦角的一小塊區域上，竟生長著超過九百種杜鵑科的歐石楠屬，臺灣的高山則是演化出十三種不同的美麗小檗。據粗淺解釋，這是因為一個新誕生的環境，初始物種在各自適應下快速分化的結果。

　　科學家至今仍藉由基因定序想解開這些棲地演化的祕密，事實上人類毋須太過驚異，從十八世紀到二十世紀，人類自己也發生了輻射適應的演化：各種不同的文明、信仰與區域經歷了現代性的發展。尤其在十九世紀帝國主義與殖民主義的強力形塑後，現代性在全球更進入快速分化的階段。然而這個輻射適應的過程，在許多國度帶來的並不是生命，而是苦難與死亡的序曲。

　　這是本期「致新世界」專題以瑞士象徵派畫家勃克林（Arnold Böcklin）畫作「死之島」（Isle of the Dead）開場的原因。勃克林從一八八〇到八六年總共畫了五次「死之島」，這幅畫的奇特魅力使拉赫曼尼諾夫譜出了同名交響詩，史特林堡在劇作《魔鬼奏鳴》最後一幕放上這幅畫，它的喜愛者當中最有名的可能是佛洛伊德，與曾收藏第三版的希特勒。這幅畫描繪一個佇立的白衣死神，引領擺渡人載著棺木前往一個看來是廢墟的島嶼，充滿陰鬱氣息。

　　這或許正是「致新世界」擇選的五本文學作品，文學家所凝視的國度，他們如同擺渡人，隨著死神直接朝破敗的國度入口前進，沒有別的去處，只因那死之島同時是家園所在。以「基列三部曲」美國小鎮歷經數代的種族衝突為開始，我們將一路《行過地獄之路》隨著澳洲醫官參與二戰，聆聽《二手時代》播放九〇年代後所有前蘇聯人的心事，前往《極樂之邦》天堂墓地悼念印巴之戰的死者，銘記《美傷》裡印尼最痛的數字「九三〇」事件。

　　現代性的苦難與失敗是多樣性的，在臺灣亦有本期專輯人物童偉格所凝視的徹底失敗的鄉村地區，「歸家，歸家，憂傷困倦者歸家。」他的作品已然瞧見敗者的場景終將在文學中獲得生命，如果曾經目睹萬里瑪鍊溪暴露的疼痛，連時光都懶得占領的荒涼之屋，將明白敗者的時鐘重新校準之費力，但時間開始走了，因為「死之島」之後，勃克林畫的就是「生之島」（Isle of Life）。

　　因此我們不要忘記，殖民地 colony 這個字同時就是棲地，只要我們持續生活、勞動，家園的時鐘就會繼續演化。

ANSWER TO THE NEW

NORLD

致新世界

小鎮永生指南

●童偉格

　　她對人生所抱持的想法，就像一條一路通到底的道路，一條很簡單就穿過遼闊鄉村的道路，而一個人的終點打一開始就在那裡，就在預料中前面不遠的地方，就像一棟樸素的房子那般座落在天光下，到了那裡，一個人走進去，就會有品格高尚的人過來歡迎，曾經失去或是暫時擱一旁的所有一切都齊聚一堂，等候著一個人的到來。

──瑪莉蓮·羅賓遜

　　也許，沒有任何現代小說家，會比羅賓遜（Marilynne Robinson, 1943-）更專注在辯證信仰與生活的磨合，幾乎可以說，這就是她藉由虛構書寫，去探觸的唯一主題。正是這不變的書寫意向，使相隔二十多年，她的四部小說──即最初的《管家》（*Housekeeping*，1980）；與最近的《遺愛基列》（*Gilead*，2004），《家園》（*Home*，2008）及《萊拉》（*Lila*，2014）等「基列三部曲」──兩相靜置，彷彿，也屏除了現實時間進程，對一名小說家必不可免的影響。於是也可以說，如果不自我重複，是現代小說家的基本倫理，那麼，羅賓遜正是以一種嚴格自律的重複書寫，實踐了對這基本倫理的反叛。

　　虔信之人的日常生活，是小說家一再重構的書寫命題。這個人物系譜的最早住民，是《管家》首章裡的「我外婆」，如前揭引文，原則上，她看待自己餘生，為某種前生命，或者，是對真正生命的後設再現：她的在場，乃是為了靜定待見彷彿從來就在「前面不遠」處的，大寫的「HOME」──那是一處和自己目前暫居處，絕無差別的房舍；「絕無差別」到，原本就在、僅是一時不見了的「所有一

切」，都將原樣重現，或終於永恆地對她具實。

個人之死由此，被她感知為是某種憑證，是當她終被贈與後，即能換過眼色去重新讀取周遭，且也能首次，被接納進這樣一個想必互古常在的新世界裡。因為這般認定，她看待現實生活，形同看待一場曠日廢時的資格考。她知覺那孤絕閉鎖的小鎮生活，正是以其枯燥而重複的徒勞，體現了出題者的善意：起碼，每一種缺乏變化的日常勞務要求，都自相對證、且一再格限了考驗範圍。如是，小鎮生活得以為她，完整預習這樣一種預告新世界的拓樸學——小鎮生活畛域的狹小（總是不過幾條街道，幾座屋舍，以及她一輩子與之相處的少少幾位熟人），如深深井底般，牽繫了在那之上，迢遠「天光」的投注。

小鎮生活因此，是對虔信之人而言，最慷慨的一種前生活。慷慨，自因困乏於有限性的細節所一再預支的，那再無阻隔之永恆性的若有注目。每一次野花綻放，每一陣雨的漫行，每場細雪，每種氣象，甚且是每一瞬短暫的夢或回憶，都可能空闊地發出一種悅耳迴響，只有將現實世界當作器皿，而自己亦如等待重生的嬰孩般，專誠傾首抱膝，信守其間之人，方能祕密聽聞。

正是對這種感覺結構的專注捕捉，使羅賓遜的小說，逆行於一般意義的小鎮生活寫實主義小說：在寫實主義的主題意識裡，當一切類此生活細節的微觀白描，可能，皆是為了結成事關更宏觀之政經結構的喻依時，羅賓遜是將事關理想生活的宏觀假定，細密織進僅能微觀白描的現實裡。小鎮生活自身已是最終喻體。理論上，這種小說話語的語相，必然也就是對那「一路通到底的道路」之複數履勘；它以對事件重大因果的刻意屏蔽，攔阻情節構作的線性通過；從而也就擺散時空，重置一切細節，成為人世終局前刻的再度具實。

它的唯一重點，是對自身話語的緩步重審。這正是《管家》第三章裡，藉由深冬時分，「希薇到來」所啟動的重層敘事。多年以後，「我外婆」的女兒返家，接管「我外婆」終於全身隱遁進新世界後，所遺下的昔時家屋——某種意義，這是女兒代亡母去重新經歷，亡母已以前生活認定去逐日驗算過的，那樣一種對亡母而言，唯一合情合理的現實生活。在小說家的複寫中，在當多年前，希薇決意離

家的原因被刻意模糊，她的重返與重看，不是為了戲劇性地揭露個人史，而是為了體現個人對這樣一種「史前生活」的極端疏離，與極端親解。

希薇在家，形同無家者般漫遊。一方面，她的臨場，種種舉措，隱語著一種也許獨見於親緣間的情感報廢：對她而言，昔時家屋之所以無法喚起某種永恆慰藉，如故鄉，對任一懷鄉之人的精神效應，可能，僅是因為家屋自身，已是亡母準備投身永恆前的一種慰藉——倘若這曾帶給她威脅，迫使她流浪，那麼，她也許注定從此僅能在故土就地流浪。另一方面，她那預備著隨時離去的狀態，卻為她所看顧的敘事者「我」，具現了前生命感知模式，使「我」理解，僅僅是「我」一人，留駐她在現世，從而，也就在她的「不去看，不去聽，不去等待，不去希望」的敬遠無為中，迫視出彼此間，一種毋須言表的持恆關愛，或共同的「家管」倫理：終於，「我」一如希薇般見證自己，永遠僅是眼前家屋的借住者。而原樣奉還，正是暫借者的美德。

個體共感的時空意識，在小說重新歸整的終局前刻再度漫漶。在空間上，陌異家屋已然拓樸為舉世；在時間裡，這既是對自我所來自之昔往的自主拒絕，卻矛盾地，亦是對唯一昔往來向，在個人體解後的親身承繼。可以理解：這種詮釋進路，必然得由小鎮生活的「外邊之人」，如《管家》裡的希薇來帶起，並重新開放。

也於是，當我們倒讀「基列三部曲」，在羅賓遜最晚發表的《萊拉》裡，我們直接尋得的，即是一位更純粹的「外邊之人」。相對於希薇，萊拉的昔往更與她走入的小鎮生活無涉、更無法確切。童年經驗對她而言，形同一場常年襲捲的沙塵之夢——她是經濟大蕭條時代，所造就的無數路流人之一。萊拉走入靜僻自足的小鎮，成為年邁牧師的妻子。萊拉懷孕，為她所懷藏與所必須看顧的，重新思索眼前世界的條理。

整部小說，即是這樣的一種傾首低語。一方面，萊拉看待小鎮生活，如同個人更漫長之路流生涯的其中一個停靠站——一如牧師終將被埋入家族墓園，在那裡，與艾姆斯太太，和所有的艾姆斯們一起等待復活，她總想像，自己將「把一個嬰兒塞進大衣底，帶著他離開」；一如她的昔往，所告知她的另一種確切宿

命。另一方面，年邁牧師卻以其信靠，將一種恆定生活的可能，平靜聚焦於她周遭：某種意義，牧師確切挨近死亡此事本身，為她封緘了她對永恆假說，容或有的質疑與不適。如我們已知：在小鎮喻體內，永恆性總由有限性覆核。

整部小說由此，更大規模探究希薇式的借住者美德。在感覺自己因牧師緣故，而被小鎮給接納一刻，萊拉矛盾地深願自己仍不失異質，且仍能被依然「在外面迷失徘徊」的路流同伴朵兒，一眼重認為同伴；盼望在死後世界，「不管生命之後是什麼，如果她（朵兒）在那裡不能有任何喜悅」，那麼，在重逢伊時，「至少她能有一秒鐘想起喜悅是什麼感覺」。為此，萊拉情願下到河邊，祕密地「把洗禮從身上洗掉」。終究，萊拉信守自己，為從來就是的「外邊之人」，只因她並不忘卻，事實上，在閉鎖小鎮外，「還有那些無人會想念的人，他們沒做什麼壞事，只是竭盡所能地活著而後死去」；而倘若她未曾偶然被小鎮給擄獲，「她就會是這種人」。

當我們理解這點，我們即能進入《家園》的末世氛圍，讀出羅賓遜的反語。準確說來，是整整二十年後，牧師伯頓之子傑克返家，與妹妹葛洛莉重逢，在兒時家屋，共同守候與見證父親將臨之死。在《管家》裡僅做為隱題的，前行世代不容質疑的生活信念，對晚生世代所造成的傷害，與驅逐效應，在此，因為父親伸延至整部小說的臨終情狀，也因父與子的終不互解，而全景曝現為小說的顯要論題。

小說裡最複雜，且最令人悲傷的一個場景，是返家者傑克，在自家車棚內的自殺未遂。一方面，它象徵了所謂「家園」，那一永恆歸宿，對傑克的永遠關閉；另一方面，它亦反寫了傑克，對父親臨終「家園」的最後尊重——重領生命的他再次放逐自己，也一併，將父親唯需關愛的「罪人」，放逐在父親那靜謐有序的小小世界外。

於是，一如希薇那被加密的流浪之因，整部《家園》內置的最大之謎是：使傑克放逐自己的「罪」，究竟是什麼？非常可能，傑克最大的罪過，僅是對小鎮「外邊之人」的深切同理。這個命題，在小說尾聲，由家屋最後看守者葛洛莉確認。

在傑克走後隔日，她目睹一輛車駛入小鎮，來到家屋前，「駕駛那輛車的是個黑人女性，而這很不尋常」；因為，「在基列鎮沒有黑人」。此人正是傑克的女友，黛拉。葛洛莉揣想著傑克曾同理過的事，即黛拉「要如何原諒這件事，亦即來到基列鎮讓她覺得宛如來到一個陌生的敵對國家」？瞬時，我們明瞭小鎮對待親者的決絕深愛，正是小鎮對待「外邊之人」的絕不容許僭越。

　　如此，我們亦能明瞭：做為首部曲，《遺愛基列》正是以牧師艾姆斯的自述，以必定局限的第一人稱敘事，為我們預演「基列三部曲」將重新結成的提問。不妨簡要地這麼問：如果萊拉是黑人，一如黛拉，那麼有多大可能，她會被小鎮給接納；即便比起萊拉，黛拉更是虔信之人？當我們帶著這個問題意識，回去重審艾姆斯自述時，我們或許能探觸他的精神癥狀，某種關於小鎮的永生指南：長久以來，一切現實歷史裡的矛盾，衝突與挫敗，均在這名老父親的自述中，被識讀為已然完結——他認知小鎮，為最後的豁免於現實之地，深願它從此歲月靜好，不受驚擾，且也因此，無力再去探查「外邊之人」的苦痛。

　　當傑克自我放逐，再次成為小鎮的「外邊之人」，羅賓遜完成對《聖經・創世紀》的反引。在原典中，「基列」一地，是當雅各思歸故土，因此自岳父拉班的居所叛逃途中，所暫居的避難處；亦是拉班領人追上，與其立約，從此各行其是的盟誓之地。「基列」，意味著父輩對背離君父城堡之新生代的終爾寬宥、祝福同時訣別。也因此，傑克永離基列鎮時的不受寬宥與祝福，反喻小鎮裡，那些虔誠父老的偽信。

　　然而，別異於愛特伍（Margaret Atwood, 1939－）在《使女的故事》（The Handmaid's Tale，1985）裡，將「基列」伸延為父權國度，並施以結構性批判，羅賓遜反引原典的目的，不在給定評價，而在迫視個體價值重估的可能性。一方面，是在跟讀艾姆斯自述時，我們理解他對自己做為小鎮的傳信與施洗者，卻從未真正接納傑克的自我罪責——這竟是整部自述話語，繞行的隱密核心。於是，他的遺書，是將自我據在的舊世界，在重啟記憶時一併解構，如絲縷抽繹一幅織錦的線頭，還

原終局樣態，為未來重新的素材。從而，他對幼子的「遺愛」，亦是將自我卑怯感反向托付。此所以，他預期此子終將離開，因「遲延的希望依然是希望」——放眼自己無力實履的新世界，父親惟願兒子，「成為一個勇敢國度中的勇敢之人」。艾姆斯牧師祈望基列鎮，為將來更如實的「基列」。

另一方面，傑克亦以自我放逐，將那表面靜好的父老世界，衝突出一個實質脆弱的景深：對比他們擬態的亙古經典，新教徒不過是轉進新大陸凡三百年的移民社群；對比歷三百年的自我重置，基列鎮父老，不過是路流途中，最稚幼的一群孩童——他們依循經典，想像世界的「從來如此」，自然，只能是一種孩子氣的悲願。於是，永別基列鎮，且在永別伊時，包容那些疲累卻不知世故、猶然在避難所裡，困等永生憑證之父親們的傑克，正是「基列三部曲」裡，最成熟且寬諒之人。

在希薇式的故土就地流浪期間，傑克終究締結一些真摯情誼：與艾姆斯牧師的幼子、萊拉與葛洛莉等等，這些或不囿於永恆假說，或自身亦是小鎮異質之人。就此而言，羅賓遜複寫自己一再辯證的悖論：無信仰之人，對他者的衷誠；或者，這其實是一種毋須任何信仰體系來護持的，最素樸而本然的宗教精神。

當儼然不可動搖的信仰體系，一再被生活裡，本真的宗教精神給洞視，羅賓遜辯證的信仰與生活，也就總是體現後者更其寬闊的畛域。這正是至今，她的四部小說重複反證的神祕信靠：由「外邊之人」重啟的，終究由「外邊之人」來繞路納藏——小鎮喻體，成為異質之人容受的異質；一部靜置無盡往昔的永生指南，也就重由路流者攜行於路，使他們永遠難免，在短暫人生裡，因他者境況而自疑，像走入新世界之初，未有殿堂之前的使徒。

《行過地獄之路》
與野蠻詩學

●辜炳達

臺南人，倫敦大學學院英國文學博士，臺北科技大學應用英文系助理教授。目前延續博士論文《日常微奇觀・尤利西斯與流行》的文化考古路線，挖掘資本主義社會中現代文學與流行文化和視覺科技之間的共謀關係。翻譯駱以軍《西夏旅館》獲二〇一七年英國筆會第二屆 PEN Presents 翻譯獎。

在奧許維茲之後，寫詩是野蠻的。

Nach Auschwitz ein Gedicht zu schreiben, ist barbarisch.

——阿多諾（Theodor Adorno）

　　這句典出《文化批判與社會》（*Kulturkritik und Gesellschaft*）的格言早已被引用過無數次，幾乎散發一股陳腔濫調的氣味。然而，讀者真正理解阿多諾意欲傳達的訊息了嗎？史坦納（George Steiner）斷定阿多諾的潛臺詞是「在奧許維茲之後**不該繼續寫詩**」，洛森菲爾（Alvin Rosenfeld）則將阿多諾的辯證簡述為以下結論：「在猶太大屠殺（Holocaust）後寫詩已**不可能且不道德**。」也許問題的核心是：阿多諾的企圖是全面否定**文學陳述**（literary representation）的可能嗎？又或者，他想說的，僅只是「在猶太大屠殺之後的詩帶有野蠻的特質」？假如是後者，**野蠻**又所指為何？

　　首先，「寫詩**是野蠻的**」是一句現在直陳式：大屠殺之後，寫詩仍是持續發生的事實。換言之，宣稱在奧許維茲之後「不可能寫詩」或「詩不存在」恐怕皆是對阿多諾的誤讀。形容詞「野蠻的 barbarisch」源自希臘文 barbaros，意指「外邦的（尤其是『語言』）」，而這層原始意義有助於理解阿多諾在《文化批評與社會》中所演繹的論述：「文化批判面對著文化與野蠻之間辯證關係的最終階段。在奧許維茲之後，寫詩是野蠻的。」許多人誤解這段話真正的意義，因為他們並未意識到

「辯證關係的最終階段」所暗示的，正是「在奧許維茲之後，文化和野蠻已經不再是**正反對立**的關係」。阿多諾拋出令人不安的反詰：倘若在奧許維茲之前，野蠻意味著「無視古典成規濫用語言，將外來語混雜在拉丁文和希臘文之中，透露著對文化的無知」，那麼熟稔文化精髓、掌握古典語言的優生德意志民族又展現了何種高貴的文明情操？如同歷史所銘記的，**文明的**納粹德國建造出精密衛生的殺人機器，高效率而大規模地屠殺**野蠻的**猶太種族。

在《我輩外邦人》（*Étrangers à nous-mêmes*）中，克莉絲蒂娃（Julia Kristeva）進一步追溯「野蠻」與「外邦」兩者間的詞源關聯：barbaros 脫胎自嘲笑外邦人腔調的擬聲字 bara-bara，因此無法掌控自己母語的希臘人也可能被貼上「野蠻」的標籤。克莉絲蒂娃點出了文明本質中的排他性以及**法西斯**潛勢，同時也為「在奧許維茲之後，寫詩是野蠻的」敞開另一種詮釋向度：大屠殺之後，詩的核心難題將圍繞著外邦人——亦即倖存的猶太人（當然，將猶太人與外邦人畫上等號不無歷史反諷，畢竟聖經中的「外邦人」本指「非猶太人」）——而且詩的敘事美學將轉向一種彷彿失語外邦人所吐出的含糊夢囈。最能完美示現阿多諾所說野蠻特質的，便是保羅・策蘭（Paul Celan）：一位來自德語區東境邊陲，從大屠殺中倖存，餘生皆用謀殺者的語言書寫的詩人。

然而，這不是一篇關於《行過地獄之路》的書評嗎？為何要喋喋不休地談論阿多諾和策蘭？細心的讀者必然會注意到小說開頭的獻詞：

獻給戰俘 335 號

母親啊，他們寫詩。——保羅・策蘭

透過訪談，我們知道「戰俘 335 號」是理查・弗蘭納根（Richard Flanagan）的父親亞契（Arch Flanagan）在戰俘營時的編號，但小說家為何要獻上策蘭的詩？這個問題可能的答案，便隱藏在阿多諾的格言中：阿多諾所說的**詩**是個涵蓋一切文

學陳述的**提喻**（synecdoche），而**奧許維茲**集中營亦指向戰爭暴行和滅絕焦慮——Auschwitz立即讓人聯想到德文動詞ausschwitzen「冒汗」——是以我們或許可將阿多諾的格言改寫為「在戰爭暴行之後寫小說是野蠻的」。在一篇訪談中[1]，丹尼斯・哈里圖（Dennis Haritou）提出了尖銳的提問：「《行過地獄之路》引用俳聖芭蕉和丁尼生，小說中刻意營造的文學腔調和與之並存的殘忍罪惡**令人不安**。英雄醫官杜里戈和虐待狂中村少佐都熱愛文學，請問你如何解釋這點？」弗蘭納根的回應略顯狡猾：「我無法解釋，策蘭也無法。本書獻詞所引用的策蘭詩句『母親啊，他們寫詩』完美呈現了你所提到的矛盾悖論。」

我們無從得知哈里圖在提問時是否想起（或誤讀）了阿多諾的格言，但引自策蘭詩作〈狼豆〉（Wolfsbohne）的獻詞真的能做為《行過地獄之路》書寫策略的辯詞嗎？詩句「母親啊，他們寫詩」中的**他們**又是誰？我們不妨先閱讀一小段〈狼豆〉：

> 母親啊，謀殺者們
> 曾住在那兒。
>
> 母親啊，我
> 寫了批信。
> 母親啊，沒有回信。
> 母親啊，有封回信。
> 母親啊，我
> 寫了批信給——
> **母親啊，他們寫詩。**
> 母親啊，他們**不寫詩**
> 除非那首詩是
> 我為了妳

---

❶ https://goo.gl/Q3Pf9Y

❷ 根據中央研究院吳介民教授的解讀，策蘭透過〈狼豆〉反駁了布洛克（Günter Blöcker）等人對〈死亡賦格〉（Todesfuge）的「卑鄙詆毀」；後者嘲諷〈死亡賦格〉像是「五線譜譜紙上對位法的祈禱練習」。因此，「除非那首詩是／我為了妳／而寫」中的「那首詩」指的便是〈死亡賦格〉。吳介民指出：「〈死亡賦格〉激起了德國人的否定式的回應。這裡的否定至少有兩層意涵，第一，對這首詩的美學價值的否定；第二，對策蘭所指涉的納粹集體屠殺的否認，也就是布洛克所謂的策蘭的詩作**並不源於現實**。」

而寫，為了

妳的

神

而寫。

　　策蘭簡潔到幾乎貧瘠的詩句再次呼應**野蠻**（事實上，他寫詩即是對阿多諾的回應）：一種彷彿失語外邦人的風格。依據前後文，「他們」除了「謀殺者們」之外別無他指，但敘事者談論起「他們」時總是欲言又止（「我寫了批信給──」），前後矛盾（「他們寫詩／不寫詩」）。[2] 這些語言症狀透露了大屠殺遺留下的心理創傷：敘事者企圖透過回憶和書寫銘記被謀殺的母親，但每一次回憶與（使用謀殺者語言的）書寫都再一次將她謀殺（「昨天／他們中的一人來了然後／第二次在／我的詩中／殺死妳。」）。弗蘭納根似乎認為〈狼豆〉中寫詩的謀殺者呼應了小說中邊虐囚邊吟誦俳句的日本軍人，但策蘭詩作赤裸光禿的語言加倍彰顯《行過地獄之路》引經據典，文字流暢華美到近乎煽情，絲毫**不野蠻**。

　　哈里圖的問題核心，顯然在於「殘暴的戰爭罪犯也可能熱愛文學嗎」？小說家的答案似乎是**肯定的**：「中村開心發現古田大佐跟他都熱愛日本古典文學。他們談一茶的俳句多麼樸實有智慧、蕪村又是多麼偉大、芭蕉的俳文集多麼神奇了不起。古田說《奧之細道》就是總結了日本精神的才氣之作。」（儘管弗蘭納根隨即加了但書：「說是詩深深感動他們，不如說他們感動於自己對詩的敏銳。」）事實上，哈里圖的疑問略嫌天真：翻開史書，熱愛文學的殺人魔不計其數，我們很快便可舉出近代最出名的三人：毛澤東，史達林，希特勒。（策蘭在〈狼豆〉開頭引用荷爾德林（Friedrich Hölderlin）詩作，正是壓抑地吶喊著：**納粹熱愛詩歌**。）哈里圖依稀感到不安，卻又無法準確提出的問題，恐怕便是「殘酷與美學可能共存嗎？謀殺者是否可能同時是美學的愛好者，甚至是美學的天才」？[3] 而這正是阿多諾的格言──「在奧許維茲之後，寫詩是野蠻的」──所企圖觸及的幽微內裡。如同我們先前已試圖爬梳過的，阿多諾的重點並不在於「文學不該繼續存在」，而

---

❸ 感謝胡淑雯對此提問的精準修正。

是探問「怎麼樣的**後大屠殺**文學才可能是**合乎倫理的**」？他顯然認為，延續大屠殺前的美學標準是缺乏反省的道德意識。阿多諾的看法並非不可挑戰，但他的確敏銳地察覺到了文學風格斷裂性的劇變。若讀者曾閱讀過奧許維茲倖存者的回憶錄，很難不注意到字裡行間滲透出的意識掙扎：倖存者感受到銘記自身經驗的焦慮——「如果我不寫下我們的親身經歷，未來誰會記得這些曾經發生過的恐怖事件」——卻又對文字是否能準確陳述過去的創傷經驗深感懷疑，甚至覺得存活下來的自己無論用何種方式回憶死者皆是一種褻瀆。他們企圖書寫，卻又抗拒書寫。這樣的兩難最終化成彷彿口吃般遲滯而笨拙的文字風格，因為他們字斟句酌，唯恐吐出任何一絲錯誤的細節。

上述倖存者文學的風格暴露出《行過地獄之路》做為**介入文學**（committed literature）的尷尬（「介入文學是野蠻的」阿多諾如是說）：弗蘭納根對戰爭的文學陳述弔詭地承襲了一種（發動戰爭的）舊世界的美學：繁複、睿智、雄辯滔滔。這樣的美學反映在角色塑造上——中村少佐對自己的所作所為充滿信念：

> 戰爭很殘酷，沒錯。哪個戰爭不殘酷？戰爭是人造的。戰爭就是我們。我們的作為。蓋鐵路可能會讓人喪命，但是創造生命不是我的事，我只管蓋鐵路。進步不需要自由，自由對進步沒有用。……醫生，你認為這是不自由。我們叫它魂，國家，天皇。醫生，你所謂的殘酷。我們管它叫天命。不管有沒有我們，這就是未來。

而戰爭英雄醫官杜里戈亦是「那種年輕時代就浸淫古典文學、很少涉獵其他領域、口味已經僵固成偏見的人。碰到現代文學，完全不知所云，最喜歡半世紀前的文學風格，也就是**維多利亞時代詩人與古文學家**」。杜里戈的文學品味乍看之下無可責難，但請別忘了維多利亞時代正是大英帝國殖民主義的高峰，許多文學作品暗藏社會達爾文主義的幽靈，而長久以來大英帝國和澳洲本土統治者的殖民主義——諸如**同化政策**和**白澳政策**——亦是諸多苦難的根源。值得注意的是，當杜里戈談論起澳洲現代主義詩人哈利斯（Max Harris），他說「完全不解這在講什

麼鬼」。

　　小說家和其筆下人物的意識形態不能混為一談，但當弗蘭納根**選擇**讓角色吐出某些話語或呈現某種角色樣貌時，他已經透露了自己的道德判斷：「這些文字是可以寫在小說裡的。」我們不得不追問，「為何要讓軍國主義者在一本陳述戰俘苦難的小說中侃侃談論大和魂？」弗蘭納根必然可以給出一系列的回答——為了讓人物更有血肉，為了讓異己（the other）也有自己的聲音，為了銘記曾經蒙蔽集體人類的荒謬信念。但這些可能的回應帶出了更關鍵的問題：「為何要寫一部二戰時期澳洲戰俘被日軍奴役，修築泰緬死亡鐵路的**虛構小說**？」殘酷的事實是，《行過地獄之路》不是第一本戰爭小說，也不會是最後一本，而且無論寫再多的戰爭小說都**無法治癒**倖存者創傷，亦**無法阻止**戰爭繼續發生。也許聽起來無理取鬧——「憑什麼質疑別人寫作的正當性？」——但這正是阿多諾格言「在奧許維茲之後，寫詩是野蠻的」拋給所有人的嚴肅問題。

　　弗蘭納根曾說，「我過去並不想寫這部小說，因為它充滿了失敗與災難。」但目睹父親亞契——也就是「戰俘335號」——日漸衰老，他開始感受到一股焦慮，「我意識到如果不把父親的故事記錄下來，我未來可能再也無法寫作。」然而，他在訪談中極少提起一件事實（甚至在曼布克獎的領獎謝詞上也未致敬）：他的哥哥馬丁和父親亞契在二〇〇五年早已合寫出版了一本名為《鐵路》（*The Line: A Man's Experience, a Son's Quest to Understand*）的回憶錄。在處理父親修築死亡鐵路的回憶時，身為紀實作家的馬丁・弗蘭納根採取相當謹慎的態度：「我嚴格限制自己只談確實知道的部分，因此我有意識地留下巨大的空洞。有許多我不知道的事，我也不想憑空臆測——對我來說，這是身為記者應遵守的準則。」被問起他如何看待《行過地獄之路》時，馬丁如此答覆：

　　我想強調的是我們今天在這裡談論的是一本小說。一本虛構的作品。而這對我來說意味著我們必須把它和它的情節所參考的那些真實事件區分開來。理查的小說成功做到了這一點。這本小說充滿了我過去曾經聽過的故事，但卻又不完全是那些故事，因

為只要他覺得必要，他便會拆解，然後重新部署那些故事中的各種元素。……我看見父親和〔杜里戈的原型〕鄧祿普（Weary Dunlop）貫穿整本小說。我的父親是個平凡人，鄧祿普則一點都不平凡。[4]

　　一位署名 Nerida White 的澳洲讀者在閱讀《鐵路》一書後，留言指控小說家不誠實：「《鐵路》詳細記錄了亞契的回憶，《行過地獄之路》卻對此隻字未提。我深感受騙，甚至覺得這是一種剽竊行為。」這位讀者的指控也許過於嚴厲，但她的質疑確實難以迴避：建構在他人真實經驗——尤其是極端創傷經驗——的虛構敘事是否合乎道德？難道小說家能夠比倖存者本人更貼近真實？假如小說的價值在透過虛構增添敘事的可讀性，這本身難道不是一種對倖存者的褻瀆：「透過重述／閱讀他人的悲慘遭遇，我獲得了美學上的滿足？」紀實文學和小說是兩種截然不同的文類，但歷史小說——尤其是介入文學——介於兩者之間的灰色地帶。當小說家以真實歷史事件為素材，他應該如何為虛構辯護？哈里圖在訪談中如此詢問弗蘭納根：「你有仔細研究法庭筆錄嗎？你是否能透過研究資料來理解日本軍人犯下醜陋罪行時的心理狀態？」而他得到的答案是，「我沒有做什麼研究。我訴諸自己的生命經驗。大部分都是我虛構的。」弗蘭納根曾前往日本拜訪二戰時虐待過父親的低階軍官，也就是故事中「巨蜥」的原型。「我在一間東京計程車行的辦公室裡見到他，一位溫柔的老先生。……我要求巨蜥賞我耳光，就像獄卒曾經對戰俘做的那樣。一陣遲疑之後，他遵從了我奇怪的要求。……看著這位惶恐的老先生，我知道不管**邪惡**究竟是什麼，它並不在這裡。」在與巨蜥那次奇異的會面之後，弗蘭納根「意識到**寫實**並不能充分傳遞**真實**」。於是他決定「返回家中，坐定，重新開始虛構」。或許，小說家理查相信透過虛構，他可以填補哥哥馬丁在父親回憶錄中所刻意留下的「巨大空洞」。

　　我們究竟該如何理解虛實交錯的《行過地獄之路》？阿多諾的格言「在奧許維茲之後，寫詩是野蠻的」又與它何干？由此格言所衍伸出的一連串針對真實（事件）與虛構（文學）的辯證似乎從一開始就不留餘地定了後者的罪，但事實並非如

此，因為——我們再次想起——阿多諾未曾說過「不能創造文學」。這句嚴酷的格言與其說是判決，不如說是尖銳的審問：文學如何回應歷史中（被文學滋養）的暴行？弗蘭納根恐怕選擇了一種最弔詭的策略（也因此令哈里圖與其他讀者感到不安）：熱愛俳句的日本軍國主義者凸顯了文學成為**法西斯觸媒**的可能。讓我們回到克莉絲蒂娃所說的野蠻外邦人：將外邦人視為**野蠻**是一種簡單的二元對立策略，只要將異己（the other）描述成**非人的邪惡**，便可以毫無愧疚感地憎恨，甚至屠殺他們。美軍如此對待日本平民（被逼問廣島和長崎核爆時，杜里戈說：「你根本不知道他們是怎麼樣的怪物。」），日本軍人如此對待澳洲戰俘，納粹如此對待猶太人，猶太人亦曾如此對待迦南人——神命令約書亞征服迦南地，「又將城中所有的，不拘男女老少，牛羊和驢，都用刀殺盡。」（《約書亞記》6:21）法西斯主義及其變體（軍國主義、納粹主義、史達林主義、毛主義、白色恐怖）的運作邏輯，便是宣傳光榮崇高的**同一性**（大和魂，純種德意志，共產烏托邦，反共抗俄），然後碾碎所有與此同一性對立的反面。民族和國家**認同**（identity）正朝向此種同一性，而文學是創造認同看似最純潔無害的工具：「我生長在澳洲，但我熱愛英國文學，我是大英帝國的子民，我為大英帝國而戰。」

　　弗蘭納根深知民族認同暗藏法西斯潛勢，亦曾公開駁斥右翼分子將《行過地獄之路》閱讀成愛國文學、挑起歷史仇恨——「看看那些野蠻日本人怎麼虐待咱澳洲人」——的企圖。因此，他特別強調自己來自澳洲的邊陲：「我來自塔斯馬尼亞，現在仍定居在那。那是個離澳洲本土幾百英里的南方島嶼。所以我不太懂身為澳洲人是什麼感覺。」澳洲「Australia」的辭源來自拉丁文「terra australis incognita」——未知的南境之地——而此新世界以南的塔斯馬尼亞島更是邊陲的邊陲。當弗蘭納根拒絕給自己貼上澳洲作家的標籤，他正是展現與此種同一性邏輯對抗的姿態：「我以身為邊陲的野蠻人為傲。」或許有人認為阿多諾與其格言「在奧許維茲之後，寫詩是野蠻的」都已過時，但法西斯的幽靈從未曾散去。無論我們如何理解阿多諾，他確實指引出文學在文明破產後繼續存在的一條奧之細道：走向異己，並變成他。

亞歷塞維奇：報導心靈的記者

◉吳乃德

芝加哥大學政治學博士，中研院社會所退休／兼任研究員。曾任黨外雜誌《新潮流》編輯，臺灣政治學會創會會長，臺灣民間真相與和解促進會創會會長。

這位白俄羅斯的記者很獨特。她全世界的同行都報導事件，她卻報導事件在人心中的刻痕。同樣的事件、同樣的苦難，戰爭、共產政權的崩潰、嚴酷的政治壓迫、核能電廠的爆炸，在人心中留下的多種樣式刻痕。亞歷塞維奇具有超凡的能力，讓許多平凡人願意觸摸長久鎖在記憶中的傷痕。讀者也有幸進入一個奇異的世界。甚至恆常的愛情在那個世界中，都變得不尋常。

我們曾經跟隨歷史學者觀看事件的進程，看到人、尤其是領袖的愚昧，也看到偶然因素的決定性作用。我們曾經聆聽社會科學家分析（不論正確或錯誤），歷史巨變如何為結構性因素所形塑。可是我們從不知道這個世界的存在：巨變在人心中形塑的幽微世界。

亞歷塞維奇說，她所有的作品都是在回答一個問題：人類受的這麼多苦，為何無法形成追求自由的動力？她並沒有清楚回答。不過，她獲得諾貝爾文學獎之後出版的《二手時代》，或許最接近問題的答案。這本書花了她二十年的時間做口述採訪。

它關注的時代是蘇聯共產主義政權垮臺之後。受訪者中有許多曾經度過，極端嚴酷壓迫的史達林統治。一位女醫師回憶說：

我最近整理舊物，找到年輕時期的日記。裡面記載著我的初吻、初戀，以及我如何熱愛史達林……大批烏克蘭人死於饑餓，因為他們拒絕集體農場……一位母親用斧頭砍死自己的孩子，把他煮熟養活其他孩子……我的鄰居從戰場回來，失去雙腿。他是英

雄人物，我為他感到驕傲。史達林死後幾天，他對我說：「我的小瑪格麗特，這傢伙終於咽氣了。」……於是我寫了檢舉信，揭發他。……我媽媽出身貴族家庭，嫁給一名軍官。軍官後來流亡海外，母親因為得照顧生病的祖母而無法同行。母親於是被祕密警察抓走。負責的特務愛上母親，將她救出來，卻強迫媽媽嫁給他；一個酒鬼，爛醉回家後用槍托打媽媽的頭。我媽媽是個美女，熱愛音樂，懂多國語言，對史達林卻熱愛到頭腦發昏……你認為他們都是傻瓜，天真？不是，他們都是受過良好教育的聰明人。媽媽讀莎士比亞和歌德的原著……加加林飛上太空了。大家走上街頭，開懷大笑，素不相識的人互相擁抱，在歡喜中哭泣。

另一個人的回憶：

那時我正在追求未來的妻子。怎麼追？我們一起讀高爾基。我們舉辦共青團式的婚禮，沒有蠟燭、花環，沒有宗教儀式；列寧和馬克思的畫像取代聖像。妻子一頭長髮為了婚禮剪掉了。那時我們鄙視美麗……我負責守衛一個車站，有一次我打開一個車廂，看到車廂角落有一個半裸的男人用皮帶吊死自己，身邊一個男孩像喝粥一樣地在喝糞尿。指揮叫嚷說，「這些人都是富農惡棍，對建設新生活毫無用處。」對，我相信，未來一切都會美好……他們先抓走了我的妻子，後來我也被抓走了。審訊的特務跟我說：你的罪就是沒有檢舉你的妻子……後來他們把我放了，黨又相信我了！戰爭中我負傷，並且得了三面獎章，他們又發給我黨證。我太快樂了，快樂到極點……我們是有信仰的，我們真的相信……我想做為共產黨員死去，這是我最後的願望。

讓人忍受苦難的，或許不只是政治教條和未來世界的美麗幻影。一個女音樂家的回憶：

如果不是他，我不可能再結婚。他在史達林的勞改營裡度過了十二年。被抓走的時候只是十六歲的孩子。父親是共產黨的重要人物，被槍斃了。母親被放在水桶裡，在

嚴寒中活活凍死……他曾經被派到鍋爐房工作，鍋爐工以前是莫斯科的哲學教授……我們的男人都是受難者，他們全都帶著創傷。俄羅斯的女人從來不曾擁有過正常的男人……「美麗的折磨啊！」他這樣形容西伯利亞的風景。他最喜歡的話是，「在上帝那裡，花草樹木都過得比人好。」……得知他罹患癌症後，我清晨去醫院看他。他臉色蠟黃，可是很愉快的樣子。當生命出現變化的時候，他總是很幸福，不論是在勞改營、流放中、或重獲自由。現在又出現了新東西——死亡……他的遺囑只有一項：「請在我的墓碑寫上：我是一個幸福的人，得到過很多愛，世間最可怕的痛苦就是別人都不愛你。」

　　亞歷塞維奇的另一本著作《戰爭不像女人的臉》（比較正確的翻譯；中文版書名為《戰爭沒有女人的臉》），報導戰爭在女人心中留下的刻痕。希特勒侵略俄國的戰爭是人類史上最慘烈的戰事。希特勒動員三百八十萬大軍，戰線綿延一千英里，蘇聯在半年間折損五百萬軍隊。當時許多女孩都謊報年齡從軍，保衛祖國。她們有些成為狙擊手、有些甚至成為戰鬥機飛行員，但大多數在戰場當護士。這些女兵在戰場上多年沒有穿過女人的衣服，穿的永遠是同一套尺寸過大的軍衣。她們最難忍受的是戰場上無法買到女人的內褲，軍隊又不發。有些人發誓絕對不要穿著男人內褲死去。

　　一位護理偷偷愛上一位軍官，卻不敢讓他知道。軍官後來死了，掩埋他的時候，「我想到他或許知道我愛他，心裡不禁狂喜起來。炮彈在亂飛，他就躺在那裡。於是我走上前，當眾親吻了他。之前我從來沒有親吻過男人，這是我的初吻。」

　　戰爭結束後，一位二十歲的女兵說自己「身心俱疲，心理年齡像老太婆」。一位護理兵到跳蚤市場，想賣掉她的軍用大衣；市場中有些失去雙腳的退伍軍人在賣女人胸罩和內褲，有些缺手斷腳的人只是坐在那裡流眼淚，向路人乞討。「我悄悄地離開，沒有賣掉我的大衣。從此再沒去過那個地方。我怕他們認出我來，罵我說：當初為什麼要救活他們！」

　　曾有讀者問亞歷塞維奇，是否對訪問稿做了文學加工，否則為何大多數的口述都那樣地美麗，簡直像詩一般。她回答說：「人心中有愛或接近死亡的時候，

說的話都很美。我們這些社會主義人不像其他人。我們對英雄和殉道者有獨特的看法，我們和死亡有獨特的關係。」無法否認的是，她將口述釀造成偉大的文學作品，充滿了濃烈的感情和強大的力量。

甚至她的受訪者對兒童時期的回憶，也都充滿詩意。《最後的證人》（中文版書名為《我還是想你，媽媽》）一書的主題是戰爭在許多兒童心中留下的刻痕：

一位受訪者回憶兒提時期聽到德國軍隊在家鄉的土地行進，皮靴踩在地上發出聲響，「連大地都感覺疼痛。」另一位小女生在父親上戰場前夕，偷看到父親「久久親吻著母親，他從來沒有這樣吻過媽媽。媽媽緊緊抱著爸爸的脖子。爸爸努力掙脫，拚命往外跑」。「整個戰爭期間我都在等待，等戰爭一結束就和爺爺去找媽媽……我已經五十一歲了，有了自己的孩子，可是我還是想念媽媽。」「我錯過了童年時代。它一閃而過。戰爭是我的童年。」「有一天我在街上看到一個男人，長得很像爸爸。我跟在後面走了很久，爸爸死去的時候我沒看見啊。」戰後「我沒有找到媽媽和爸爸……我在街上看到一位媽媽，將兩個兒子放在雙膝上。我看著，走向前去，向她說：阿姨，請你也把我抱到腿上吧。她嚇呆了。我再一次請求她：阿姨，求求你。」「整個戰爭期間，在找到姊姊之前，媽媽沒有笑過。」「我對死亡一無所知。沒有人來得及向我解釋，我就看到了它。我看到一個被打死的年輕女人，小孩還吸吮著她的乳房。」

翻閱這些兒童心靈的刻痕，我們都會同意作者在書開頭所引用的杜斯妥也夫斯基：如果我們可以構築一個美麗的世界，代價是讓兒童流下一滴眼淚，那也並不值得。

為什麼那多的苦難，無法轉成為追求自由的動力？亞歷塞維奇沒有提供簡單明瞭的答案，因為答案並不簡單明瞭。讀完她的書，讀者無法不繼續思考這個問題。

墓地的盛宴

● 羅苡珊

一九九六年生。關注離散的人群、自然與社會的關係、全球化及後殖民處境。期許自己緊挨地面、持守知識、睜眼凝視,從個體生命路徑中追索出豐饒交錯的結構網絡。

有

什麼

它不能衝破的呢?

世界已去,我只有扛著你。

——保羅·策蘭,〈火紅的,大天穹〉

當我在二〇一七年首次來到印度時,並不知曉這就是阿蘭達蒂·洛伊(Arundhati Roy)生活了將近六十年的大地。我當然也不曉得,她將在這年發表第二部小說《極樂之邦》,與她上一本小說《微物之神》相隔了二十年的歲月。

在當時的旅途裡,我在腦海中隨身攜帶過往閱讀的印度文學著作:歐洲知識分子赫塞寫於戰間期、探尋「歐洲所缺乏的東西」的《流浪者之歌》(1922);遠藤周作生前的最後一部小說《深河》(1993)——書中的恆河就如同《流浪者之歌》中的「諸事之河」接納了生與死、神聖與汙穢、殘酷與慈悲;出生在千里達的印度裔作家奈波爾首次回到「原鄉」印度的作品《幽黯國度》(1964)——印度是令他感到羞恥的第三世界與**舊世界**,然而他仍在目睹印度的古老習俗衰亡時感到莫名的感傷。此時,印度已不是赫塞或遠藤筆下尋找**新世界**的隱喻或外衣,而是身為「後殖民旅人」的奈波爾始終辯證「抵達之謎」的母土。

回到臺灣後，我才讀到洛伊的《極樂之邦》。她在奈波爾首次來到印度的前一年出生，而她開始寫作小說的九〇年代，同時也是許多邊界瓦解與重組的時代：隨著冷戰終結，二戰後以「防堵共產」為核心建立的區域研究，在氣候變遷的環境意識下重新整合；同樣藉由「防堵共產」為邏輯所支撐的第三世界，也不再只是充斥著異文化情懷，又被戰後民族主義斷開政治連結的後殖民國家。相反的，氣候變遷、能源競爭與非正式的遷徙活動要求一種與建立民族國家時截然不同的歷史，使得它們在區域整合的進程中成為牽動國際政治的重要角色。

　　一九九九年，馬格蘭攝影通訊社攝影師貝瑞（Ian Berry）在古吉拉特邦的村落中拍下洛伊的身影。這一系列記錄「反水壩抗議」的相片呈現的是與《深河》截然不同的河流——當無數抗爭的人民面臨被水壩集水區滅頂的威脅時，人們早已無法從自然中得到慰藉。而在其中一張格外寧靜的相片裡，洛伊就緊鄰著納爾默達河，側臉朝向景框外的遠方。不需要仰望天際的禱詞，也不再有低垂眼瞼的憐憫，她就像個歷盡滄桑卻永遠處於青春期的青年，以平視的眼神傳達永不言敗的宣言。

　　閱讀《極樂之邦》時，我時常想起那既不祈求祝禱，也不抱怨自憐的平視目光，它穿透的是足以抵抗虛無的平實肯定：洛伊對一切她反對、厭惡、同情、尊崇的事物說「是」。她所談論的印度不單是豁免於「西方現代性所招致的災難」的東方國度；也不只是後殖民情結中辯證「抵達」與否、無家乃至於無歷史的心靈疏離；更不僅是與後殖民民族主義緊密相關的第三世界。她用嚴肅卻幽默的文字、剔除抱怨與內在糾葛的開放口吻，回應她對於當下世界浩繁而深邃的理解：這是一個在尺度之間穿梭的世界、區域劃分不斷重組的世界、豐饒自然早已成為鄉愁的世界、當代全球化之下既新穎又古老的世界。

這完全要看你的心

　　二〇一七年九月，過去擔任古吉拉特邦首長、現今做為印度總理的莫迪正式啟用那系列照片中人們所抗議的薩達爾薩羅瓦水壩。在《極樂之邦》裡，這位主

張印度教民族主義的總理被洛伊稱為「古吉拉特邦的最愛」，而在他當選總理前，小說主要角色之一安竺在一場由印度教右翼團體策劃的屠殺中倖存，倖存原因不過是因為這些劊子手渴望好運——如果殺死做為「海吉拉」（Hijra，南亞地區對變性人或跨性別者的稱呼）的安竺，會替他們招來厄運。

洛伊在第一章章首引用了土耳其作家辛克美的詩行：「我是說，這完全要看你的心⋯⋯」而她確實在敘述海吉拉時，將焦點放在「內心的戰爭」。那是一句令人屏息的精確描述：海吉拉的所有問題都在內心，這使得「印巴之戰也在我們心中開打」。

在往後的敘述中，發生在內心的印巴之戰不再為海吉拉獨有，而是廣布在**所有人**心中的戰爭。藉由這些極度邊緣的人們，洛伊道出普遍存在於眾人心中的掙扎。然而洛伊從不強調這些角色的「邊緣」，「邊緣」因此掙脫了「固著政治身分」的枷鎖，成為**每個人**都曾擁有、流動的片刻狀態（或永恆狀態）。如此一來，穿梭在文字間、不容忽視的政治性（politics）也毫無痕跡地融入人們的生命中，使這些角色擁有詩（poetic）那般的生命基底，而不是一則淺薄的政治隱喻。

詩意來自於洛伊確實與小說中的角色一同生活——不，我幾乎願意相信這些角色真實地活在世界上。當我閱讀著洛伊筆下的每個角色，浮現在腦海的總是她與這些人們交談的畫面：在街談巷弄中、在即將淹沒村落的水壩集水區旁、在印度毛派生活的潮溼森林內⋯⋯她以平視的眼神，不卑不亢地聆聽人們的話語聲。

當一個角色真實地活在世界上，他／她還能完美合適於架構完整的故事嗎？為了知道原因，除了談論這本小說，我還得談論洛伊的寫作，無論是虛構寫作，還是她從事了二十年之久的非虛構寫作。在書末的致謝名單中，洛伊向我提供了一點線索。她將一位耳熟能詳的作家列在第一位：「伯格（John Berger），他不但幫我起頭，也等我寫完。」

二〇〇七年，洛伊向外界透露正在創作一部小說；二〇一一年，她在《獨立報》的採訪中提到一年半前與這位英國作家的見面。約翰·伯格要她把正進行的小說朗誦出聲，隨後告訴她：「妳得回到德里，完成這本書。」然而當洛伊回到德里，她

在門縫底下收到以電腦繕打的匿名信。信來自丹達卡倫亞森林中的毛派游擊隊，他們邀請洛伊來與他們交談。洛伊選擇放下創作，前往位於印度中部的叢林，並在返回德里時，在《衛報》發表了一系列非虛構文章〈持槍的甘地〉。事實上，在《微物之神》與《極樂之邦》相隔的二十年間，洛伊發表了多本非虛構著作與文章，以此回應介入現實時需要迫切發聲的問題。

我總以為，那些渴望自由創作，也對迎面而來的現實災厄感到焦慮的寫作者，勢必明白介入現實時在自己內心開打的戰爭——如同《極樂之邦》中所寫「要滋養好文學，可接受的鮮血量是多少？」的戰爭。然而，我不能確切地說：洛伊在虛構與非虛構寫作間、介入現實與創作小說間，真有這麼一場印巴之戰。洛伊曾在《紐約時報》的專訪說：「有些人往往說我（繼《微物之神》之後）不再寫作，彷彿我寫的非虛構文章都不是寫作。」這句話放在整篇報導的開頭，堅毅地好似她不曾在虛構與非虛構之間劃下戰壕；而她介入現實時的篤定姿態，也彷若她內心不曾有戰爭開打。

翻閱《極樂之邦》時，我發覺那些在她介入現實時必須篤定剔除的內在動搖，都在小說裡存活了下來。在內心開打的印巴之戰不斷找上她，只是她不與這場內在戰爭正面對決，而是透過書寫「不正面對決」的小說，撐起一個「讓內心的印巴之戰平息」的可依靠之地。在小說中，洛伊也為人物打造了這樣的可依靠之地：即便無盡的外在衝突從未平息，這些人物同樣以「不正面對決」的方式面對外在或內在的衝突，藉此撫平了內心的印巴之戰，使得這個支離破碎的世界易於承受。

正面對決與否的張力，在書中一段辯證「使人軟弱的自憐」與「遵循敵人邏輯才能為尊嚴而戰」的對話中顯露無遺：

對我們來說，最難的是什麼，你知道嗎？……就是可憐……我們很容易自憐自傷……要擁有尊嚴，只有一個方法，也就是反擊……我們不得不去除自身的複雜、我們的分歧……變得愚蠢……就像我們面對的軍隊。占領行動最糟的就是這點……如果我們成功了……我們將獲得救贖……在我們勝利之後……就會變成我

們的報應。先是自由。接下來是虛無。就是這樣的模式。

《極樂之邦》中的人物甚少採取軍隊那般「正面對決」的抵抗，他們在苦難跟前分心、將眼神瞥向他處、踮起腳尖逃跑，即便有人被迫選擇了軍隊般的「正面對決」，他們依舊走在自由與虛無的鋼索上，抵抗虛無的全面壓制。

我以為，洛伊之所以能透過非虛構寫作與無數迫切的議題「正面對決」，同時又能在虛構創作時，不帶自溺與怨懟地書寫人物的詩性生命（而不至於成為去除複雜與分歧的軍隊），並不只是因為「這完全要看你的心」，更因為她透過「不正面對決」的虛構創作，在介入現實並歷盡滄桑之餘，仍能保有孩童般的純真、信任與愛。這些在小說中存活下來的物事，撐起了另一個世界。那個世界不是慘澹陰暗的無望未來，也不是充斥樂觀主義的繁榮景象，而是在悲劇意識中生成的——脫困求存的希望。

另一個世界：生死門縫間的盛宴

在安竺因為屠殺而來到墓地，並建立「天堂旅社」的三十年前，小說的另一條故事線圍繞著四位大學生：蒂洛、賈森、穆沙與納嘉。那年是被賈森稱為「誰能忘記這一年？」的**一九八四年**，英迪拉・甘地總理被刺殺不久後，又發生了博帕爾公司毒氣外洩事件。這兩個舉世注目的事件掩蓋了一則喀什米爾人被處以吊刑的新聞，直到蒂洛與走上革命道路的穆沙在多年後重逢時，小說才揭露了這則被印度當局視為喀什米爾動亂徵兆的新聞。一九八四年的當下，來自喀什米爾的穆沙在聽聞這則新聞後，對蒂洛說：

對我來說，歷史是從今天開始的。

即使蒂洛不明白話中的意義，仍記得其中的力量。我以為，那意義不甚明瞭卻力道猶存的物事，回應的確實是歐威爾在一九四九年出版的反烏托邦小說

《一九八四》。在這本書所描述的未來世界中，由「老大哥」嚴密控管的大洋國有四個政府部門：負責謊言的「真理部」（The Ministry of Truth）、負責酷刑的「仁愛部」（The Ministry of Love）、負責戰爭的「和平部」（The Ministry of Peace）和負責貧困的「富庶部」（The Ministry of Plenty）。基於「雙重思想」（Doublethink）原則，這四個部門負責的業務是部門名稱的反面，如同最高權力組織的三句口號：「戰爭即和平，自由即奴役，無知即力量。」

　　歐威爾將這個未來的極權世界訂立在一九八四年，宛若在這一年後歷史便**結束**了：往後的人們都將如此過活，時間中不再有後來，也就不會有可能性的未來。而我以為，洛伊藉由穆沙之口說出的話語「歷史是從今天**開始**」，顯現了她在《極樂之邦》提供的**另一個世界**：「一九八四」之後的世界。過往歐威爾認為的終極未來，此時成為《極樂之邦》的歷史起點。而《極樂之邦》英文書名「The Ministry of Utmost Happiness」，也呼應《一九八四》的部門名稱「The Ministry of -」。然而，這不意味著「極樂之邦」也遵循了「雙重思想」原則並成為「負責苦難的極樂部門」，相反的，我認為洛伊正嘗試以此翻轉「雙重思想」的負面意涵。

　　「一九八四年後的另一個世界」不只是「極樂之邦」，也是安竺在屠殺後所抵達的墓地。在小說倒數第三章〈極樂之邦〉裡，這塊聚集了歷盡滄桑之人的墓地，呈現了既矛盾又依賴的景象：小說中的人們在生與死交界的墓地上相遇、生活、舉辦喪禮與婚禮、迎接新生與死亡。這些看似對立的事物在墓地中緊緊交纏，使得墓地既是相連之地，也是使內心的對立與戰爭平息的可依靠之地。因此，「極樂之邦」所傳遞的絕非「雙重思想」中「負責苦難的極樂部門」，而是那些支離破碎、無以名狀、無法化約成結構的物事得以倖存的處所，如同那句在故事起頭便預言了整部小說的話語：

　　我是盛宴（mehfil），我是人群。你可以說我是每一個人，我是一切，或說我什麼也不是。所有人都邀請了，還有遺漏嗎？

二〇〇二年九月，洛伊在九一一事件週年後，以「**另一個世界是可能的**」這樣的肯定語氣，替一場名為 Come September 的演講作結。不同於《一九八四》的結尾停留在主角對於老大哥的終極熱愛與臣服，在洛伊對所有事物說「是」的無限肯定裡（如同那張河畔照片），她在小說結尾與人們一同受邀至生死門縫間的盛宴、那朝向我們走來的**另一個世界**：

> 墓地那些歷經滄桑的天使守護著歷盡滄桑的人，為她偷偷開啟兩個世界之間的門。……她因而洞視生者和死者的靈魂水乳交融，就像參加同一場派對的賓客。

我想大膽臆測洛伊以「一九八四年」與「The Ministry of Utmost Happiness」回應歐威爾的用意。如果說《一九八四》是歐威爾——生於英屬印度的他在殖民地緬甸度過年輕歲月——做為殖民帝國官員的自我省察與警惕，因而在意識到西方現代性所招致的災難後，所創作出「停下歷史」的無望之作；那麼戰後在印度本土成長的洛伊，則試圖在《極樂之邦》中提供「啟動歷史」的希望。這個重新啟動的歷史鐘擺所創造的弧線空間，就是後殖民國度面對當代全球化的可能未來：縱使印度仍深受殖民遺緒所影響，也確實身處後殖民的心理糾葛與政經依賴中，然而，在這個「現代性」早已招致反噬的全球化時代，印度有機會比現代性起源的西方更易於——藉由探向豐饒而纏繞的歷史寶藏——掙脫現代性的束縛，驕傲地做為「印度自身」。

因此，那塊在盛宴中打造的墓地，雖然看似回到過去的原始部族社會，卻絕非走入倒轉的時空隧道。洛伊以她對母土的愛、對當代人們生存條件的領悟，追尋著允許另一種身分認同存在的「極樂之邦」：在既新穎又古老的當代全球化處境下，印度將不再是依附於殖民時期的後殖民國家、附著於第一與第二世界的第三世界，或僅能依循戰後民族主義建立的民族國家；做為「印度自身」，它能夠向過去的歷史階段汲取水源，融合不同歷史實踐，成為新的再創造。

我將輕柔訴說我的愛

Akh daleela wann（講故事給我聽）

——《極樂之邦》中婕冰小姐一世的墓誌銘

《極樂之邦》做為一本令我折服的小說，不僅是因為洛伊以扎實的非虛構基底，藉由虛構創作呈現了當代印度，也不只是她以肯定的意願提供有別於《一九八四》的另一個世界「墓地的盛宴」，我認為她更藉由這本小說向世界提問：**在這個支離破碎的當代世界，我們還能怎麼說故事給孩子聽？**

書中有三個說故事的場景：安竺向領養的女兒贊娜述說「刪除所有的折磨和不幸」的故事，如此一來，安竺在說故事時也「變成一個比較簡單、快樂的人」；與安竺的美好童話故事不同，穆沙的女兒婕冰小姐不停要求父親「講故事給我聽」（Akh daleela wann）。她指的故事不是美好的童話故事，而是「真實故事」。在婕冰小姐因為受到喀什米爾衝突波及而去世後，決心走上革命道路的穆沙，在轉往地下活動的前夕替婕冰小姐寫信。這封使人落淚的信是這樣開頭的：

你要我講真實的故事給你聽，但我再不知道什麼是真實了。從前的真實故事，也就是我過去說的那些，你無法忍受的那些，現在聽起來就像愚蠢的童話故事。

轉往地下活動的九個月後，穆沙與來到喀什米爾的蒂洛見面。蒂洛隨後來到婕冰小姐埋葬的烈士墓園，而刻印在婕冰小姐墓碑上的小字，正是 Akh daleela wann。十八年後，蒂洛在一場抗議中抱回一名棄嬰，來到安竺在墓地建造的天堂旅社。她將過往在喀什米爾衝突中**死去**的婕冰小姐喚作「一世」，將甫**降生**的棄嬰取作「二世」，這樣的稱呼使她們有了血緣的連結，然而是否真有血緣關係並不重要，重要的是那橫越了生死邊際的意願：

那寶寶是婕冰小姐回來了，不是回到她身邊，而是重回人世。……開心草原已經隕落，但婕冰小姐來了。

此時，婕冰小姐不再是做為**個體**死去的婕冰小姐一世，而是所有死於喀什米爾衝突的**集體**死者；而做為**個體**降生的婕冰小姐二世，也不只是**擁有**無限可能性的新生命，她更延續了集體死者的渴望。表面上的血緣提供了愛的合理性，使人們對個體新生命的愛，成為承擔起集體死者的「歷史意識」。這樣由歷史性的悲劇意識而生的愛意與希望，使小說中的人們內在的印巴之戰平息，也使人們有勇氣以「不正面對決」的方式抵抗龐大的體制。

小說裡的第三個說故事場景，發生在穆沙與蒂洛的最後一次會面。在墓地的天堂旅社裡，蒂洛告訴穆沙自己死後將刻在墓碑上的詩句：

要如何訴說一個支離破碎的故事？
就是慢慢地變成每一個人吧。
不是。
是慢慢地融入一切。

在那場名為 Come September 的演講中，洛伊引述伯格的小說《G》中的話語：「不再有一個故事能被當作單一故事那樣被訴說。」並以此指出當代寫作者的處境：寫作者絕非主動收集故事的人，而是故事主動顯露它自身、故事篤定要求被訴說。因此，當代不再有單一而架構完整的故事，而只允許支離破碎的故事。要講述支離破碎的故事，慢慢地變成每一個人並不足夠，還必須慢慢地融入一切。

如此一來，這些看似沒有解答的疑問——在這個支離破碎的當代，我們如何說故事給孩子聽？怎麼告訴孩子這個複雜而悲傷，卻迷人而美麗的世界？我們要說一個刪除不幸的美好故事，還是真實的殘酷故事？我們是否給得起美好故事？又或者，我們還有真實故事可以講嗎？——對於洛伊來說，或許是「不成問題的

問題」。因為這些疑問要求的不是解答，而是永無止境的實踐意願：寫作者繼續書寫故事、繼續藉由故事承擔無數死者記憶的意願。

　　二〇一七年初，伯格以九十歲高齡辭世，而洛伊也終究在伯格生前完成了這本他叮嚀她完成的小說。我想起伯格曾以辛克美的詩行命名的散文〈我將輕柔訴說我的愛〉，他在文章探問已然離世的辛克美：「我想問你，你怎麼看我們今天生存的這個時代。」而在文末，伯格以辛克美一首名為〈雨中〉（Under the Rain）的詩回應了這則探問。這首詩的結尾如此迷人又不失力道：

　　　如果我是話語
　　　我將輕柔訴說我的愛

　　在洛伊生存的、支離破碎的當代印度，洛伊也成為了話語，她輕柔訴說的愛不曾休止。我始終記得那句做為小說結尾，卻啟動另一個世界的話語，正是這樣書寫的：

　　　……無論如何終會否極泰來，這是一定的。
　　　因為鄔黛雅・婕冰小姐來了。

　　——因為唯有透過希望與悲傷緊密纏繞、生者與死者水乳交融，才能輕柔訴說的另一個世界來了。

美麗是種傷

◉房慧真

臺大中文系博士班肄業。曾任職於《壹週刊》，撰寫人物專訪，目前為非營利媒體《報導者》資深記者，深耕公共議題調查報導。著有散文集《單向街》、《小塵埃》、《河流》，人物訪談集《像我這樣的一個記者》入圍臺灣國際書展大獎。〈草莓與灰燼—加害者的日常〉獲得二〇一六年度散文獎。

　　雅加達傳來軍事政變消息的那一天，海濱小鎮的共產黨幹部克里旺同志，只是擔心沒有了報紙，原本的送報童不見影蹤。整個早上，他一直想著這件事。

　　從首都擴散出的壞消息每下愈況，開始殺人了。大屠殺從北部蔓延到中部，死亡如漫天烏鴉的羽翅遮去半邊天，被殺的都是「共產黨」。克里旺同志是地方黨部首領，被鎖定的首要目標。他只是坐在陽臺上，苦等他的報紙，日後人們回想起那個時刻，只覺得他突然憨了，像死前突然癱瘓麻痺的小動物。

　　一九六五年九月三十日，從首都到鄉村，報紙絕跡，取而代之的是廣播。聲音比文字更具煽動力，激情吶喊著萬惡的共產黨綁架了七名對國家有功的將軍，用刮鬍刀將人質的臉皮割下，並將眼球挖出。誇大的極刑細節被不斷放送，人群隨之義憤起來，紛紛拿起家門前除草用的大砍刀，尋找村子裡可疑的共產黨。

　　將工會成員、農民組織、華人，或者平素看不順眼的人矇住眼睛，塞住嘴巴，雙手反綁在身後帶往河邊。義憤人群不是軍隊也不是警察，只是拿出農舍裡的鐮刀或者日本占領時期留下的生鏽武士刀。和發生於九〇年代的盧安達大屠殺一樣，闖禍的都是這樣組織鬆散，毫無紀律可言的民兵隊伍。在歐本海默（Joshua Oppenheimer）關於一九六五年印尼大屠殺的紀錄片《沉默一瞬》中，執行殺人的民兵說他不該為大屠殺負責：「我們後面還有軍方，軍方怕受到國際制裁，所以說是民眾糾紛。」軍方的卡車停在不遠處，默許殺戮進行，村人都知道背後有軍人撐腰，於是舅舅供出姪兒，兄長交出加入工會的妹妹，光天化日下旁觀殺人進行，血染紅整條河流。

軍方的身後則是冷戰時代下美國的默許，後來繼位的獨裁者蘇哈托將一九六五年的政變定調為共產黨的叛國行為，賦予納粹（Gestapu，為 Gerakan September Tiga Puluh 縮寫，原意為九月三十日事件，軍方故意縮寫成蓋世太保）色彩。對內，蘇哈托以清共的名義剷除政敵，鞏固權力，開始三十年迫害異己的恐怖統治。對外，屠殺至少五十萬「共產黨」，對嫉共如仇的美國投誠示好，美援進駐後，大部分的金錢都進了蘇哈托及其親信的口袋。

　　一九九七年蘇哈托被推翻下臺，二〇一四年無權貴背景，平民出身的佐科威當選總統後，印尼可說完成了民主轉型，然而至今一九六五年的九三〇事件還未獲得平反，在公共空間談論九三〇仍是禁忌。《沉默一瞬》中的被害者家屬說：「我不會講我住在哪一區，請諒解我必須隱瞞身分，因為殺手還在掌權。」

　　加害者是隔壁鄰居，是鄉公所職員、學校裡的老師，是地方上收保護費的流氓、富甲一方的土豪，更有甚者是國會議員，同時也是一九六五年下令屠殺的人，他說：「如果受害者子女不支持我，我不可能高票當選還連任。」他的辯白還包括：「我又沒有在前線殺人，我只是擔任祕書長，殺人的政策是實現理念的過程。」

　　每個國族都有足以勾動歷史深潭的一串數字，在臺灣是「二二八」，在印尼是「九三〇」。臺灣與印尼都完成了告別獨裁的民主轉型過程，不同的是「二二八」的加害者隱形匿跡，而「九三〇」的加害者則繼續大鳴大放當年的殺人「事蹟」，因為「如果覺得內疚，防護罩就瓦解了」。

　　「九三〇」的加害者或者發瘋。發瘋的多是第一線執行任務的殺人者，依靠軍方提供的迷幻藥與烈酒手起刀落。當時流傳一個偏方，殺人抹喉後，馬上用鋼杯盛兩碗溫熱的人血，鹹鹹甜甜喝下去，便如神功護體，有了免於發瘋的「防護罩」。

　　被害者或被屠殺，或發配離島囚禁，或者整個家庭被流放到叢林，後代不能擔任公職，懲罰性地留在社會底層。殺人者在鏡頭前洋洋得意地說：「為什麼共產黨的後代沒來報仇？不是他們不想報復，而是沒有能力報復。」受害家庭噤聲，缺席者的幽魂，無以言說的傷害卻代代傳下，纏繞不休。一整代人傷害的心靈圖

像不只在這邊，另一邊的加害者，每日上清真寺勤祝禱，晚上睡覺不關燈，獨處時一定開著電視，不敵心魔的都進了精神病院。

加害者或者發瘋，或者發財。發財的都是不必自己動手的決策者，住洋房擁3C，脖上掛金條，肚腹積黃油。升官晉爵的加害者繼續把持地方權力，小則如地痞流氓收保護費，大則貫通政商人脈，砍伐雨林，走私木材賺取暴利。歐本海默另一部全然以加害者為視角的《殺人一舉》，殺人者很自豪地說自己是在體制外工作的人，印尼文流氓的字根是「Freeman」。副總統出席活動時說：「國家需要 Freeman 把事情做好，Freeman 願意承擔風險。」九〇年代蘇聯解體、冷戰落幕，Freeman 還需要對付共產黨嗎？在當政者眼中，共產黨變形成抗議土地徵收給財團開發的居民，變形成街頭示威爭取民主的常民百姓。有利益的地方就有 Freeman 當打手，有 Freeman 的地方就有需要被管束鎮壓的「不自由人」。

新舊傷口層疊成化石，糾結於失蹤早報的克里旺同志並沒有錯。在一九六五年，蘇門答臘《棉蘭郵報》的編輯部辦公室同時也是審訊室，發行人在四十年後回憶審問過程：「共黨分子回答什麼都沒有差，我們只會把他的答案改得更糟，我們的工作就是要讓大眾憎恨他們。」遮蔽歷史岩層，只看到碎屑沙粒的障眼騙術就是殺人者成為新聞傳播者。

克里旺同志並不是一個真實人物，他是印尼小說家艾卡・庫尼亞文《美傷》中的小說人物。小說中除了克里旺同志這個共產黨，還有一個軍人，以及一個地痞流氓「Freeman」，這三個男性不只交會於一九六五年的大屠殺，還有姻親關係，他們都娶了名妓戴維艾玉的女兒。

庫尼亞文巧妙地用共產黨、軍人以及流氓的三種典型，貫穿印尼整部近代史。小說家的野心當然不僅止於揭開一九六五年大屠殺的沉傷，傷痕的根源不在 history 而在 her-story，在她的身世，在互相爭鬥的男人們共同的岳母戴維艾玉身上，從印度尼西亞建國後的共和國歷史，上溯至荷蘭殖民時期。

美傷，既美且傷。美麗的源頭在戴維艾玉，傷害的源頭也在這個有著一雙藍眼的混血女子身上。戴維艾玉的祖父是殖民時期的荷蘭地主，祖母是地主強納的

妾──當地人伊楊，伊楊被迫嫁給大地主前已有心上人，出逃後墜崖身亡，日後人們叫那座山谷「伊楊丘」。

戴維艾玉的生命始自於殖民者的強取掠奪，但其美貌也來自於殖民歷史下的多重種族交媾融合。少女戴維艾玉讀的是教會貴族學校，一九四二年太平洋戰爭爆發後，日軍占領爪哇，結束荷蘭殖民的三百五十年歷史，戴維艾玉成了戰俘，而後更淪為慰安婦，被日軍強暴後生下第一個女兒阿拉曼達，繼承了母親的美貌，血統更加混雜（日、荷、印尼）。

一九四五年日本投降，戰爭並非就此結束，戰後荷蘭仍不放棄殖民，和英軍組成 KNIL 軍隊。當地人則另組游擊隊和英荷同盟的 KNIL 持續作戰，直到一九四九年十二月荷蘭將主權移交給印度尼西亞為止。游擊隊員大多由日軍訓練出來，日占期間鼓吹去殖民，激化民族主義思潮，並傳入武士道精神，將暴力浪漫化。五年內戰期間的無政府狀態，更多的是地痞流氓藉著革命名義打家劫舍，接手日軍的慰安所，強姦戰俘，宛如對昔日殖民者的報復。戴維艾玉第二個女兒阿汀妲的生命仍然始自暴力，在內戰中游擊隊員輪暴後出生。傷痕伴隨著美麗，阿汀妲仍然繼承了母親的美貌。

內戰結束後，戴維艾玉以接客維生，養活兩個女兒，並與恩客生下第三個女兒馬雅戴維。馬雅戴維的生命始自於生存所需的性交易。三個女兒分別嫁給軍人、共產黨、地痞流氓，生下第三代，家族開枝散葉。三代人歷經兩次戰爭（太平洋戰爭、建國前的內戰），以及兩次大屠殺：第一次是一九六五年的九三○事件，由戴維艾玉的兩個女婿，軍人以及地痞流氓聯手對付共產黨。被流放至布魯島（印尼版的古格拉群島）的克里旺同志，可說是曾獲諾貝爾文學獎提名的印尼左翼作家普拉姆迪亞‧阿南達‧杜爾（Pramoedya Ananta Toer）的原型人物。杜爾在荷蘭殖民時期就曾被囚禁，一九六五年九三○事件後被流放到布魯島，一九七九年獲釋後又被軟禁在家中直到一九九二年。杜爾橫跨荷蘭殖民到蘇哈托專政時期的寫實小說，影響後代文學青年，包括《美傷》的作者，出生於一九七五年的庫尼亞文。

那天一切都平靜無息，彷彿荒廢多年的空城。大地籠罩著緊繃的寂靜，人們擔心那座城會掀起內戰；自從獨立戰爭之後，那座城市就不安寧。許多人受夠了流氓，他們心想，如果戰爭開打，他們會站在士兵那一邊。但士兵總是一付自滿的樣子，因此也有許多人討厭士兵，覺得如果戰爭爆發，他們絕對會幫流氓。

　　然而他們終究會自相殘殺，誰也逃不過。

　　國家機器掌握著最終的暴力，書中的第二次大屠殺是八○年代「神祕的殺戮」（Penembakan Misterius）。原本和軍隊合作的幫派分子，在大街上被開槍濫殺，殺人者為配備武器但穿著便服的軍人。戴維艾玉的第三個女婿：「Freeman」流氓馬曼根登從加害者的幫兇變成受害者，溯其本源，他偷盜的本能起於痛恨富人，他是私生子，母親是地方首長家中的廚娘，他的生命也始自於階級不平等下的脅迫性交。

　　傷痕不只在女人身上，也在男人，在多重面目的加害者身上。軍人一輩子有打不完的戰爭，從二次世界大戰到五年內戰，接著兩次大屠殺，後來又被徵召到東帝汶鎮壓當地的獨立戰爭。戴維艾玉的「排長」女婿從日占時期的鄉土防衛義勇軍、內戰時的游擊隊，到獨立後的印尼共和國軍，殺人機器徹底內化，最後面對的是自己的心戰，進出精神病院，和看不見的鬼魂對峙。

　　第一代的傷疊上第二代的傷，排長、流氓、共產黨和繼承戴維艾玉不祥美貌的三個女兒生下第三代，胚胎著床於一九六五年大屠殺當下，彷彿是場競賽似地，有些生命死於非命，有些生命補位上來，萌芽出生：

　　許多人在雨季的那幾個月結婚。一群群村民一連幾個星期參加一場又一場的婚禮，幾乎每個十字路口都看得到籬笆裡伸出金黃椰子嫩葉編織的桿子，桿子掛上節慶裝飾，彎向街道上方，表示那個人家在辦喜事。在此同時，未婚的男性上妓院，愛人們更常見面、私下歡好，老夫老妻似乎在雨季裡重溫蜜月，而上天創造了不少的小小胚胎。

即使在共產黨遭遇屠殺的那段日子裡，人們還是一有機會就做愛，尤其是下著傾盆大雨的時候。

娼妓、軍閥和流氓的後代，依然男的俊美，女的更加美麗。美麗的基因胎裡帶來：殖民時期階級的宰制、建國後右翼民族主義的暴亂與仇恨，以及新時代官商勾結的剝削奴役。小至個人，大至國族，一開始的出生／建國就是暴力的奪取，美麗宛如詛咒，女人因為美麗而被占有，島嶼因為擁有豐美的天然資源而被西方殖民者或跨國大財團搜刮殆盡，婆娑之洋，福爾摩沙，Beauty is a wound，美麗不是祝福，美麗是種傷。

既然已經奢侈了，就奢侈到底了，

就把到目前為止這二十年，當成漫長的準備。

準備……更有意義的寫作。

童偉格

寫作：背向現實的防線，開始起跑

● 童偉格 vs. 莊瑞琳 衛城出版總編輯
● 日期｜2018.4.18 12:00–17:30
● 路線｜金山水尾漁港經核二廠出水口到萬里崁腳國小
● 現場｜汪正翔 攝影／吳芳碩 編輯
● 逐字｜李映昕

〈第一幕〉

彩虹的書架

〔中午近十二點。訪問者莊、小說家童、攝影翔與編輯碩從金山郵局下公車後，往水尾港邊走。中間多次確認錄音筆是否壞掉了。童：壞掉了？莊：沒有，有在錄。〕

莊瑞琳　你小時候，最早看到的書是什麼呢？

童偉格　喔，就是姊姊的書啊。我姊她比較早出去念書，所以會自己帶很多書回來。撿姊姊的書看，包括姊姊感興趣的，有很多其實是言情小說。

莊瑞琳　但那個不是文學作品啊？

童偉格　對，但那是最早的一種，應該說在教科書以外的閱讀經驗。後來出去〔基隆〕念國中，我就開始自己買書啦。

莊瑞琳　我會這樣問是因為，一開始遇到書都有一點隨機跟偶然，那有時候會影響我們之後對閱讀的看法。

童偉格　我看你的訪綱，是要問特別的書，**觸發文學經驗或文學體驗的書**。可是對我來說，這是很晚以後才發生的。譬如說高中讀到賈西亞・馬奎斯，那個清楚記得的撞擊。可是在這之前，對我來說，好像找東西讀本來就是很自然的事，一方面是想讀書，沒有任何原因，第二方面是因為，本來在山上，小時候可以做的事情比較少，刺激、娛樂也比較少，甚至可能也沒有娛樂這個概念。

莊瑞琳　我當然不知道《童話故事》寫去書店看白書的十三歲國中生是不是就是你自己。但你去書店看書，也沒有特別有目的性在看什麼樣的作品？

童偉格　對。那時候書店有個好處是，跟現在比起來相對整齊的文學書。在基隆，港口邊那個房子，內進很深，像《童話故事》寫的那樣，是一個小小的門面，但進去搞不好還會拐彎。所以那整個是一個，我個人覺得，對看書而言是蠻體貼的空間，就兩面書牆，可以延伸到非常遠的地方。在那個時候，當然就是挑比較冷門的書看，因為才有地方站。

莊瑞琳　冷門的書是什麼？

童偉格　像文學書啊，俄國文學啊。但以一個國中生來講，我其實也不知道我到底看了什麼，但它有點像……情感啟蒙啦。你會記得，很多年之後，可能要等到重看或幹嘛，會突然想起，它才會對你產生作用。人很多事情都是延遲反應，對我來講啦。

莊瑞琳　所以你國中讀那些東西時，會去想什麼叫文學嗎？

童偉格　其實沒有耶，它對我而言有一個模模糊糊的空間，反正我知道這個事

金山水尾

情，有可能喔，最簡單的說法是它跟日常生活是沒有關係的，就一個小孩子的認知……當然現在會把它形容成結界啊，但對於小孩而言，其實是他知道，這件事情之所以有趣值得讀，是因為它跟現實生活一點關係都沒有，最直接的情感是這樣。所以搞不好在那時我把俄國文學讀成奇幻小說也說不定。它的體裁類型對一個小孩而言，其實沒有那麼重大的差別。但直覺上還是覺得，這裡面有一個很深的東西，雖然我現在沒辦法理解……

莊瑞琳　現在還沒辦法理解？

童偉格　現在當然還在想，還在讀啊。我就覺得，我好像也不是完完全全能夠理解，比如說杜斯妥也夫斯基啊。托爾斯泰比較好懂。

莊瑞琳　你那時候有討論的對象嗎？

童偉格　沒有耶。好像在我們的邏輯裡面，不存在討論這件事，在我生活空間的邏輯裡面，像我媽我姊也不會跟我討論什麼。

莊瑞琳　那你為什麼會走進那個書店？想要看書？

童偉格　我記得很小的時候，就對字這件事〔有興趣〕，就是想讀東西。我在其他地方也寫過，我很快就學會，比如說用注音符號，或使用文字這件事。

莊瑞琳　有，你說你在寫同學的名字。

童偉格　對。那其實是一個沒有任何內容的寫作，但書寫這件事本身的行為，

帶給我一種很特別的感覺，包括去讀寫成文字的東西。

莊瑞琳　　你自己花錢買的第一本書是什麼？還記得嗎？

童偉格　　應該是小野的書，好像是《蛹之生》。你有看過？

莊瑞琳　　有，我們果然是六年級生……

童偉格　　後來常常買的就是小野的書，我有好多小野的書。後來才嚴格意義上
　　　　　比較進入純文學，那時候大家都讀張大春，還有遠流的小說館。包括
　　　　　他們當時引介，但我們系譜上比較不那麼理解的，當時大陸的作者余
　　　　　華一代，後來就到莫言了，到魔幻寫實了。

莊瑞琳　　但是到莫言的時候，應該是高中以後了吧？

童偉格　　對，高中以後。真的密集在讀，就是在臺大外文系，但那不是上課的
　　　　　關係，是自己閉門讀書。

莊瑞琳　　所以你國小跟國中讀書、找得到書的地方，就是書店跟圖書館。

童偉格　　對。我們等一下要去的崁腳國小，有的老師會在後面放幾個書架，老
　　　　　師自己找書，放在那裡。我記得那時候我剛入學，我二姊已經念高年
　　　　　級，我去學校第一件事情就是去他們班上蹭書看。早自習的時候。

莊瑞琳　　那找什麼書看呢？童書，繪本嗎？

童偉格　　對，童書、繪本、愛亞極短篇，小時候的閱讀大概是這樣。

莊瑞琳　　所以文學啟蒙者其實沒有具體的個人？

童偉格　　對，其實沒有耶。但這些都是贈與啊。那個老師，我現在想起來，他
　　　　　們都是非常年輕的，當然因為我也已經四十了，但現在想起來，他們
　　　　　有可能剛從師範畢業，然後到偏鄉是服務的概念，所以他們可能剛離
　　　　　開學校不久，就到〔萬里〕這裡了。我事後回想起來，真的就是一種非
　　　　　常善意的事情，他們自己也不知道會有什麼作用，但他們心態都非常
　　　　　年輕，包括可能從自己家裡帶書來，就放在後面，也沒有要幹嘛。

莊瑞琳　　那什麼時候慢慢在自己的居住空間開始有你的書架？

〔編輯碩：不要手滑按到不儲存。童：哈，有不好的回憶喔。那我來拿錄音筆，想辦法把它
弄壞。〕

童偉格　　喔，居住空間有書架，應該是高中以後了。然後開始就書災了，書蔓延成災。後來我媽就有勸告我，可不可以不要再買書了，因為家裡已經擺不下了。想起來一件事，後來因為常常搬家，我就把書往家裡倒，我媽就幫我整理，她整理的方法是彩虹式的整理方法，就是照顏色分。（笑）真的，我一看就非常驚人，我說喔妳好厲害，我媽就說反正我也看不懂。但她有一個非常厲害的整理東西的專業技術。後來到了高中，高中就去重慶南路，因為學校大概三點五十分放學，就自由了，就開始……

莊瑞琳　　高中有三點五十分就放學？

童偉格　　有，建中三點五十就放學，而且絕對沒有太多晚自習，它不會強迫你，也沒有課後輔導。反正不管你嘛。

莊瑞琳　　所以四點以後就解放？

童偉格　　對，就衝出校門，穿過整個植物園啊，要不是去西門町看電影，要不就自己走去重慶南路，開始去書店看書。當然也會開始囤積書。大概整個過程是這樣，所以沒有一個明確的人啟蒙，整個就是亂讀。直到整個高中時期，討論文學這件事，都不是會在我生活中發生的事。

莊瑞琳　　在你腦內發生的事。

童偉格　　對，腦內發生。

莊瑞琳　　那你覺得你在跟誰討論？

童偉格　　　我也不知道，跟我自己吧。（笑）沒有一個討論對象，但其實那個狀態很奇怪，其實我也沒有問題。

莊瑞琳　　　你也沒有問題，你只是想讀。

童偉格　　　對，我只是想讀。讀了就會自己整理一下，就做簡報。

莊瑞琳　　　你小時候讀書，感覺好像抓到了一個跟自己生活無關的事，但到了高中應該已經不是這個狀態了？

童偉格　　　對，開始知道它有現實上面的產生因素，或是這個場域應該要得到更多的理解。但我現在想起來，當時的閱讀還是非常偏的，可能除了文學作品之外，真的就一無所知。

莊瑞琳　　　感覺你現在是一個相對雜食的讀者，但以前不是這樣？

童偉格　　　對，以前不是，吸引我的就是文學作品。

莊瑞琳　　　那高中的時候在讀什麼？

童偉格　　　高中就開始讀米蘭·昆德拉，讀翻譯文學，找得到的，臺灣有出版的，大部分都讀了。因為整個高中時期沒有做別的事，就是讀書，課業內的書或課業外的書，也沒有參加社團或幹嘛。

莊瑞琳　　　在高中的時候有想要自己寫作嗎？

童偉格 　有開始寫東西，但就是沒有在幹嘛地寫東西，不算作品，就是寫一點筆記雜記啊。那時候有一個室友會寫詩，我們住在外面的學生宿舍，像學寮那樣，一群男生，做什麼？打籃球，看 A 片啊，都在裡面發生。這個同學寫現代詩，我有看過，我覺得很有趣，但那時候其實也沒有討論或更多交流，就覺得說，喔，這是某種文學創作，是詩。我自己的感覺是，我很多事情是，內部已經限制了或決定了，對我而言……就是小說這件事，對我而言是非常直接的，想看，喜歡看，但詩就沒有辦法……

莊瑞琳 　你也在別的訪談講過，高中比較像是在寫日記，但不能算是作品。但從喜歡讀文學到去念外國文學的科系，你那時候就是想跟文學有關係，不管用什麼身分。

童偉格 　對，就是喜歡的事。現在當然可以從場域或環境因素來檢討，我現在想起來，覺得自己是個非常幸運的人，整個九○年代，做一個小孩長大，剛好社會各方面都有過剩，包括書的出版，這是一方面的幸運。第二方面是，跟我花了很多時間閱讀這件事比起來，因為我人生中沒有發生任何分心的事……

莊瑞琳 　這個跟文學無關對不對？這是本性的關係。

童偉格 　對，或者是說，我在想，比如說以我媽媽的角度來想整件事。清明節那天我姊跟我說，她後來想起來很奇怪，像我們這樣的背景，我們應該念完國中媽媽就會叫你，男的去學黑手，女的去紡織工廠，因為很多鄰居都這樣，但為什麼很奇怪的是，我們所有人都念完了大學。其中一個幸運原因，就是有一個媽媽，她對於讀書這件事有一個自己的

想法，她認為小孩能夠讀書的話，就要支持他念上去。這是這整件事之所以可以這樣發生的一個很重要的作用力，她不是干擾，也不是任何幫助，但對這整件事有一種，OK啊那你就去，但她其實不太知道你在幹嘛，但是也沒有關係。她會以一種奇怪的方式認為，這件事情可能有它的意義。

莊瑞琳　你媽也許可以理解你讀臺大⋯⋯但是讀外國文學到底是怎麼回事呢？還是因為她知道你一直在讀這樣的書，所以好像也可以理解為什麼這個小孩會想讀這個科系。

童偉格　她對這件事的理解是，我猜，她就是覺得讀書不會是一件壞事，就這樣而已。至於一切知識的細節，她其實沒有能力跟你討論，她也不知道，具體說來那是什麼。

莊瑞琳　那你去填那個科系的想像是什麼呢？

童偉格　喔，這就是我說很幸運的其中一個原因，就是完全自主啊。我就照著文學院一路填下來，沒有任何壓力，當然也沒有任何諮詢。我媽也沒有問過我。所以你最後到底填了什麼？反正就是填了。

莊瑞琳　那你覺得你應該可以寫作品，是一個什麼樣的時間點，或一種什麼狀態？

童偉格　真的要去寫作，其實就是真的進入很嚴苛意義的閱讀，就是到大學。因為高中其實沒有那種餘裕，你還是得唸書。剛剛過去〔建中〕的時候壓力很大，還是會有壓力，那邊就是一些頭腦很怪的人，所以花了一些時間適應。包括後來念書考大學，還是在準備課業，然後到了大學，

才開始真正完全自主的閱讀。

莊瑞琳　　所以嚴苛意義的閱讀指的是？

童偉格　　就是從早讀到晚啊，然後照著系譜來讀。

莊瑞琳　　就是任性的閱讀嗎？更加任性地閱讀。（笑）

童偉格　　對（笑），就是把理解網絡擴散出去。後來我看到大江健三郎的建議方
　　　　　　法，反正你對這個人有興趣，應該要做的就是把全部東西都讀完，就
　　　　　　是比較廣比較深的閱讀，就從大學開始。

莊瑞琳　　你有提到，〈房子〉算是你第一個作品嗎，還是其實它不是第一個作品。

童偉格　　第一個……小說意義，現代小說意義的作品，就是第一篇小說啦。

莊瑞琳　　那你還記得那個作品……

童偉格　　就三個瘋子，整個城市瘋成一團。

莊瑞琳　　只有貓是清醒的。

童偉格　　對，只有那隻貓是正常的，因為牠本來就是貓。我現在想起來好像沒
　　　　　　有那麼爛（笑），還蠻有趣的。

〔走到員潭溪景觀橋下到水尾沙灘，沙灘上有垃圾，以及阻風的竹圍〕

金山水尾

員潭溪觀景橋

莊瑞琳　　所以〈房子〉是第一個作品。但是寫作品不代表你要一直寫下去。

童偉格　　沒錯啊。但是那個時候，兩個原因，第一個是，其實對這整件事情，
　　　　　我也不會形容，不是陷入一種狂熱或怎樣，對我來講，就是你在訪綱
　　　　　問的，所以你到底要寫什麼樣的作品？一開始沒有想像。對我來講，
　　　　　我要寫的是清晰，經過深思的作品。它應該，語言本身是澄澈的，不
　　　　　管它想講什麼，它其實是一個思考的保留。對我來講，整個寫作過程
　　　　　好像也是這樣，它不是一個狂熱或我非做這件事不可，其實是因為
　　　　　它是我比較擅長的表達方式，但我現在要做的其實不是寫我自己，是
　　　　　我可能也不太明白的事情，藉由寫作這個時光，本來的凍結，凝視清
　　　　　楚啦，應該是這樣。〈房子〉有一點像是這樣，它描述瘋狂這件事，

不是修辭上的渲染，對我而言，我只是在思考，在什麼樣的因素下，或者什麼語言環境裡，我們辨識認知這個人叫作瘋狂。它其實是一個重新檢視的過程。對我來說，寫作這點其實沒有變，本來就是這個樣子，這是第一個。第二個是我發現，當時是文學獎時代，我發現這件事情好像其實蠻好的耶，因為得了一個獎，這個獎金就有一個自體循環，幫助你爭取到更多自由時間。所以這整件事就這樣慢慢慢慢做下來。

莊瑞琳　也就是說，基本上要不要成為一個職業寫作者，一開始並不是以一種「我的志願」的方式出現的。

童偉格　現在也還不是，現在也都不是啊。我覺得，成不成為職業寫作者，對我而言不是那麼要緊的事。

莊瑞琳　最要緊的是，你想的事情，用什麼樣的形式保留下來。

童偉格　對，還有佛洛伊德所說的業餘者這件事，一個啟蒙時代的業餘者。成為一個職人，其實我沒有那麼多想像或喜好。我好像也一直在避免用職業小說作者的方式，來談或者界定一些事情。因為我覺得這個，不是很要緊的事。

莊瑞琳　所以你大概是什麼時候，開始花更多的時間練筆呢？

童偉格　應該已經二十歲以後了，因為〈房子〉是一九九六年寫的，十九歲，大二，就開始蹺課。（笑）

莊瑞琳　你都沒有認真讀英國文學史。

童偉格　對⋯⋯那個教法真是太爛了。我沒有看過這麼不文學地教文學的方式。

莊瑞琳　感覺你大學是自己讀完的感覺，就是用一種自己的方式去念該念的書。

童偉格　當然就是差點畢不了業嘛。但那個時間，現在想起來，當然是很珍貴也非常奢侈的時間。真的就是念書，念自己想念的書，寫自己想寫的東西。

莊瑞琳　我們剛剛在車上有聊到，後來去念戲劇所，似乎看起來也不是必然的事情。

童偉格　對，但因為⋯⋯像你訪綱寫的，〔外文系〕有戲劇課啊，是在那裡念了契訶夫、尤金‧歐尼爾，我覺得戲劇是很有趣的一件事。

莊瑞琳　其實你大學時代也開始在寫劇本。

童偉格　對，也因為有參加劇團。

〔海浪聲與風聲變大。童：那邊有廢棄的餐廳。莊：你們以前會從萬里到這邊來嗎？童：不會。遠方可見萬里的靈骨塔、磺嘴山與野柳岬。莊說起這裡與國聖埔沙灘都是環資淨灘與海洋教育的地方。攝影翔拍童在海邊。〕

莊瑞琳　我不太知道你這樣亂讀的過程，是從哪本書開始知道自己遇到的是經典？我不知道是不是就是俄國文學？還是什麼？

童偉格　對，如果從情感經驗應該就是俄國文學，就是一切都外於我這件事，甚至可能不是這整個故事本身，應該叫作語言本身。有好幾層意義上的遙遠，包括俄國小說家的作品，當然包括我們看到的翻譯，非常可能其實是三、四〇年代譯的⋯⋯

莊瑞琳　是用很糟糕的中文⋯⋯

童偉格　對，還有一種很奇怪的腔調，那種修辭法⋯⋯但至少好歹它讓我確立一件事，之後想起來，因為有的人念書是，他心中可能有話但他失去那個修辭，所以看的時候會覺得，對，講的就是我心中所想的。但我不是這樣的人，有些人是那樣。

莊瑞琳　它還是一個非常像在你本體以外發生的東西。

童偉格　說不定如果你那時候問我說，對你而言什麼是文學，搞不好我會講說，就是跟我沒有關的事情，不是我「所有」的事，不是我所擁有，或者我所據在。

莊瑞琳　也許那個起點就是這樣，就是這麼簡單。

童偉格　對對對，是一個陌異經驗，你後來當然知道可以這樣來形容。那是在我以外的事。

莊瑞琳　我在訪綱提到，柯慈聽到鄰居傳出十二平均律的時候，他其實對那個經典有一點憤恨，他有自我描述這個狀態，當然也因為他那時已經十五歲了。只是說我會在想，他那種遙遠還包括意識到，他好像知道那種遙遠是什麼。

童偉格　對，我沒有任何憤恨，是因為我沒有辦法在相對的情況下來看這整件事，對我來說，整個生活空間，山村，就是一個時空上面的童年經驗，就是阿岡本說的童年經驗。它沒有任何對照、參照，所以對我來說，發生在當時的所有事情，就是理所當然會發生的事。

莊瑞琳　也就是說，你讀小野、愛亞，跟你姊姊那些即便是很像少女雜誌的東西，還有俄國文學，它們都一樣是遠方嗎？

童偉格　對對對，真的，因為我沒有一個景深一般的想像，我也沒有價值判斷。

因為……那是一個沒有任何注腳的地方，比如說跟柯慈比，〔萬里〕是一個不會有鄰居在彈巴哈的地方，它不會有一個代表品味，代表文明的記號式的存在，會讓原鄉本土的人覺得，也許他感受到的首先是一種……我當然崇慕它，但我心中難免升起一種受到羞辱的感覺，在柯慈的偽自傳裡面看到……

莊瑞琳　　但從高中到大學，已經不是一個混亂的宇宙，應該相對來講會開始形成星空，有星座的東西。

童偉格　　對，相對有序。但如果更後面判讀起來，我其實覺得我好像很自然處於一個，「反正這件事情就不是我的」的想法。包括我在讀的書，即便我開始從事寫作以後，我也沒有對這件事情，有一種所有權的概念。就是駱以軍說的沒有社會意識（笑），但我真心覺得，這一切都是外面的。

莊瑞琳　　他這個講法有點矛盾，因為我覺得故事即便只有一個人，它本身已經是一個群體，不可能是一個沒有社會的狀態。

童偉格　　明白，對啦對啦。但我可能沒有好好想一想，或者是柯慈式地想一想，這件事，它的景深關係，或者它所代表的，隱喻出來的階級關係到底是什麼。

莊瑞琳　　如果說，從十九歲以後，開始加進寫作這件事情，跟書的關係，應該相對來講，多了另外一種層次的關係。你應該會愈來愈知道，勢必要形成那個景深對不對？

童偉格　　對，但那個景深好像直到目前為止，都是一個美學上的問題。就是你

知道，盲區，政治學跟經濟學（笑），我用一種外太空的力場，解讀自己的景深。當然裡面的判準，其實直到現在都還是啊，是技藝上的、美學上的問題。

莊瑞琳　不過我覺得這個問題也還好，我個人覺得，尤其是十九世紀之後的小說，它可以取代政治學跟經濟學的理解。

童偉格　對對，你說得很好。在現在這個時代，又經過這麼多虛構論的辯證，好像單一從政治經濟學來界定小說功能，或者小說作者自己的想法，可能其實也是太過簡單的想法。但我覺得我比較ㄅㄧㄤ的是，我真的完全就是一個盲區，已經無知到成為一種風格了。（笑）

莊瑞琳　嗯……（笑）那你怎麼看待戲劇或寫劇本跟寫小說，文學跟戲劇之間的關係，還是說這並不是一個問題，我不應該這樣問？

童偉格　可以，可以這樣問。戲劇講究效用，這個東西有沒有效？如何在還沒發生時，就評估它的效用，從這裡去建造出戲劇理論來。它容許抽象的空間比較少，因為它其實是一個講究物質的藝術實踐，包括肉身，包括表演技藝，展示技術。如果把兩件事加在一起想，駱以軍曾經說過，所有人評論他小說的時候，都用一種修辭論的方式，但沒有辦法評定或想像他小說裡面的劇場因素。這牽涉到怎麼樣有效地統合一個場景，或建構場景，把這些集中在一起，所有講求效力的事情。戲劇其實，應該說封存或者說實踐了，經濟效益很高的文學技術。這是駱以軍美學可能很難判別出來的一個成就，如果沒有對戲劇理論有所理解。這是駱以軍自己的說法。可是戲劇本來就被許多文學家嫌幼稚，或者是有一種無聊的團契風格，因為它可能在任何形式上面，都會限

制作者單純從自己的立場去想事情，但換一個方式來說，這可能也是戲劇對它創作者所提出的要求，是一個默契式的約定，你不會走入只有你自己能夠明白的世界，因為它是一個強力要求，這件事情應該怎麼被看，它將會怎麼被看，在時間的尺度裡面，它應該如何開展，如何歸結它自己，都有一套非常具體的技術。

莊瑞琳　　所以對你的寫作來講，文學跟戲劇，應該沒有彼此影響？

童偉格　　有，其中一個我自己覺得的重要樞紐，應該就是契訶夫啊。契訶夫的小說世界跟戲劇世界，你可以說相關，但他因應題材跟技術要求，其實是兩個世界。然後，大家比較不知道的事情是，他在戲劇展示的世界，其實是相對世故的，是他在小說裡面不會那樣建構的世界。他的小說還是有一種純抒情的格調，對傷逝的緬懷，但他的戲劇已經都跑到之後了，呈現的是，因為你已經沒有任何悲傷的可能，按照契訶夫的說法，所以這個人是在這裡，就地成為一個戲劇，那種很奇怪的世故的看法。但這只有在他的戲劇世界才可以完整地看到。如果要問，為什麼只有在戲劇世界裡？其實是因為，戲劇世界已經幫助他找到了可以集中視線的看法。你在單一場景就可以完成，也只有這個場景。所以在契訶夫劇本的每一幕，發展的時間流程可能其實就是一個隱喻，後來的人是這樣解釋契訶夫。但這個隱喻，只有在這樣的一種技術設計裡才能夠展示，在短篇小說是沒辦法做的。

〔離開水尾沙灘，往連接萬里下寮的新橋走。海風聲音漸小，開始出現清楚的鳥叫聲。〕

倫理學：從殘虐到透風

〔一階階爬上連接金山水尾與萬里下寮的新橋〕

莊瑞琳　這次訪綱有分五大塊，應該說有兩條軸線比較重要。對你的理解，我通常理解成這兩條，就是說寫作者自己跟文學之間的關係，以及到後來，一個文學作品怎麼在社會場域被解釋，也就是文學跟鄉土之間的緊張關係。所以要問的問題是，你開始寫作以後，我感覺你是一個遇到很大倫理學挑戰的作者。因為其實你也可以不要寫，我想閱讀帶給你的幸福感還蠻強大的，不一定是來自寫作，寫作可能比較不幸福。

童偉格　而且我的寫作速度太慢。

莊瑞琳　我想應該不是太慢吧，是寫了都毀掉了，寫了又放棄了。

童偉格　修修改改，縫縫補補。

莊瑞琳　你應該是一開始寫就知道到你有倫理學的問題。

童偉格　知道的知道的。這也是每天的日常。後來大家說，第一本書《王考》那些篇章好像已經蠻成熟，但那其實已經就是汰除的結果，就是我有自我審查，刪除掉過於裸露，過於直接，或者是後來在更深刻層次上碰到的倫理學問題，因為那其實是他人的事件或生命，屬於他生命的細

節。做為一個寫作者，可不可以直接這樣挪用，這是倫理學最素樸的面向。對我而言，它是一條很重要的防線。於是後來所有寫作都是為了要轉過身，因為這防線不能跨……

莊瑞琳　　對現實世界轉身。

童偉格　　對，然後就開始起跑。所以它其實是一種，像腹語一樣的狀態，在對應著一個，你知道你不能這樣子暴露出來的前文本……

莊瑞琳　　但是你講的這個是普遍的寫作狀態，我覺得你還有一個倫理學問題跟你來自的地方很有關係……

童偉格　　就是觀察距離的問題嘛？

莊瑞琳　　因為你〔大學時代的劇本〕〈死者的名字〉已經在寫礦工的故事，在成長經驗裡面遇到的一些事件，你應該逐漸知道，它已經是你無法迴避的，必須要用各種方式處理它……

童偉格　　對啊。所以一切技術都從這裡長，因為它是最集中的焦慮點。

〔爬上橋的瞭望臺，看著解說牌上對應的地理位置。莊：礦嘴山。童：對啊。莊：我有個問題，員潭溪以前就叫員潭溪嗎？童：不知道耶，有改過名字嗎？攝影翔與編輯碩一旁談話。碩：我們會不會吵到他們啊。〕

莊瑞琳　　我覺得你後來的作品會長成那樣，其實都跟倫理學的選擇有關。黃錦樹說你的抒情反而是停滯的敘事，是抒情技藝的極致。但我後來在想，

員潭溪觀景橋

萬里下寮

這個人的抒情並不是一般意義的抒情。

童偉格　對對對。

莊瑞琳　我覺得那背後有一個哲學上的選擇。

童偉格　或者是倫理上的限制。〔黃錦樹〕老師那個談法比較中國文學啦，他把抒情跟敘事視為相對辯證的概念，那麼當作者攔阻了敘事的發生，或者是凍結它，那抒情自然會流淌出來，因為這個時候已經不再負載敘事任務，自然就像地層露出來一樣，如果用最簡單的講法，比如《西北雨》，那個敘事本身已經是對敘事的攔停了，阻礙這個作者流暢地說一個故事。它的擾動本身，就像你說的，我覺得不是簡單從抒情跟敘事的對照來談，那是一種隱匿的對話。

莊瑞琳　我覺得這個倫理學的困難，是一個非常可怕的問題。

童偉格　對，我現在覺得比較輕鬆的是，因為跨過一個尺度去看，你會知道這件事不用那麼樣子的⋯⋯

莊瑞琳　那個尺度是什麼？

童偉格　就是非人的尺度。就是做為作者，你可能會面臨一個選擇，而且這個選擇是有可能的，不是個體對個體去對話，或者你在一個環境因素或場域因素，重新檢視你的對話對象時，你其實知道這個重新描述是必要的。但那時候已經換過維度了。我舉個例子，袁哲生問題。如果我做為一個對他有記憶，也有朋友關係的一個人，個體對個體的對話的

時候，很多事情其實我會首先意識到的就是倫理問題。但如果你往後跳，或者在時空因素當中重新檢證這件事，發生這件事到底是怎麼一回事的時候，你就會發現，它對寫作者的第一要求，當然就是重新描述。但這也不是你知道了，就馬上有辦法開始做，邏輯上也是這樣。

莊瑞琳　覺得這個困難，非常像是一般人在經歷，某種程度邁向大人的路……有些人尋求的可能是各種心理學或哲學的幫忙，那你這個問題，假設它算是某種技術研發好了，你覺得這當中，你是靠什麼樣的引導，有哪些作品解答了你這些問題？

童偉格　有有有，像現在重看巴加斯・略薩，當然就知道他是維度上的選擇啊。在他們對文學場域的思考，他們也許對倫理學這件事情有更相對的想法。對我所在意的這件事。這當然引起一些問題，但他們已經在書寫的過程中，嘗試重新打開這個問題。於是書寫不是一種封鎖，不是藏瓶中信的過程，它是對於你所嘗試要封鎖的那件事的全面解構。

莊瑞琳　我覺得你到至今可能都還在講的就是說，寫作本身帶來的一種歉疚感。這種感受應該在早期是非常巨大的……

童偉格　明確的。就是歉疚感。光是說出這件事本身，它有一種很陰鬱的狀態，因為〔寫作〕這件事沒有帶給我非常狂熱的時候，取而代之，它反而成另外一種情感，是對這件事本身的自我詆毀。我早些年在陳述自己的寫作時候，都有一種非常莫名的羞恥感，就會自我攻擊。

莊瑞琳　所以現在已經比較不會了嗎？

童偉格　這件事情可以換一個維度想……大概也因為我想要讓這整件事對……應該叫作未來的創作者，比較有建設性。當然不是自身成為一個典範，不是，我其實覺得我是反典範。因為如果按照原初的想法，這件事是外於我的事啊。會不會有可能，其實我青年時代的詮釋方法，是更沒有建設性地自我捲入。

莊瑞琳　意思是說，當你慢慢脫離青少年時代以後〔童：慘綠〕，也許現在反而會用一種比較舒緩的方式在看，也許某種意義上，可能對比你年紀小的那些人，有所幫助？

童偉格　對，就是脫離倫理上的鏈結。就像我們現在都已經知道，書寫它的療癒功能是非常有限的，這是我們知道的。再來就是，某一些倫理上的問題，不會只有一種應對方法，這些應該都要成為，對這個事情，這個行為本身，一個相對而言更好的護持。更深思，或者更沉靜，更澄澈一點，把這件事情表達好，把這個外於我的事情表達好，更透風，從事這件事情的時候，呼吸更自然一點。舉措，表達更自在一點。

莊瑞琳　在看你作品的時候，我會有一種想像，我感覺這個人，就跟有些人會自殺一樣，也許這個作者也會對自己的寫作，呈現一種自殺的行為。

童偉格　很殘虐。（笑）

莊瑞琳　而且那個自殺不只是毀掉已經寫出來的東西，而是不寫作。

童偉格　對對對，但我還是想寫作啦。（笑）所以，換一個尺規來講就很重要啊。或者是，既然已經奢侈了，就奢侈到底了，就把到目前為止這二十年，

當成一個漫長的準備。

莊瑞琳　準備什麼呢？

童偉格　準備⋯⋯更有意義的寫作。以前我會用一種，我衷心覺得「這人寫作不是很有價值」，但後來去年夏天跟林佑軒談的時候，按照佑軒的建議，這件事情應該要重新看，包括自己年少的時候寫過的東西，你當然知道不成熟不好，但不一定要用這樣殘虐的方式來看。而且再怎樣，那也是自己辛苦完成的，我並沒有打混啊。所以找到更適切的方法看待它，把這些想好就可以重新出發。大概是這樣。

莊瑞琳　所以你剛講說，在這個過程裡面，類似像略薩他們的作品有給你一些開啟。

童偉格　對，當然也包括重讀杜氏，陸續重讀的東西。

〔沿著員潭溪草地走，沿途野百合已開。下到員潭溪的河灘地拍照，員潭溪旁越過竹圍就是海。莊：從那邊下去？攝影翔：從這邊，石頭比較好走。童：小心喔。不下去嗎？編輯碩：我要我要。莊：看小抄？童：我猜想初始這個部分比較困難，因為是無厘頭的起源。莊：不會啊，我覺得很有趣，彩虹的書架。童：文學跟自我的關係？我衷心覺得它跟我沒有關係。莊：跟你沒有關係？！這個寫作者。持續聽到海浪聲。重新回岸上走。〕

童偉格　　除了像剛剛說過的，觀看距離的問題，真實跟虛構的場域之間的混淆的問題，我有沒有完全回答到你的問題？

莊瑞琳　　應該說我覺得可以聚焦在你〔碩士創作劇本〕《小事》後面附的創作自述。你在創作自述裡面，有點像是在總結過去十年的困惑，你的標題就叫〈消亡的起點〉，所以我想要理解說，當時寫出那個〈消亡的起點〉的狀態。

童偉格　　那就是，需要時間，就先把這件事關起來，屏蔽掉。當時的設想是這樣啦。就很像資料室要熄燈，我們要首先確定，如何在一片黑暗中，我們找不找得到資料的位置，那個〈消亡的起點〉就是關燈前那一刻的那個想像，把事情各就各位，我們現在沒有辦法處理它，但我們要知道位置在哪裡，然後我們現在關燈。

莊瑞琳　　我覺得你很有趣喔，一方面你會用很多陳述說，自己早年好像講寫作都有點不好意思，有一種羞恥感，可是同時你也會毫不猶豫地說，你還是想要寫作。

童偉格　　喔對啊對啊，我知道我在幹嘛，但我不太喜歡陳述它，就是這樣子啊。

（笑）這也是倫理學另外一個層面的問題，對我而言，站在作者的立場，說明自己的作品，這件事本身，有一點會妨礙真正的寫作。《小事》後面的後記也有寫到，它其實是逼迫你換句話說，但問題是在文學語言的尺度裡面，你要迴避的就是換句話說。如果那個真切的語言，你沒辦法找出來，那這個作品其實是不存在的。

〔遇到萬里下寮中壇元帥聖安宮，廟對面是康樂亭。莊：三太子。童：老房子拆掉都會蓋像這種風格，我家差不多像這樣，但它只有一層，像一個火柴盒，立在田地上。莊：被你爸爸蓋成火柴盒的樣子？童：我父親有一個想法，先蓋一層樓，像《畢斯華斯先生的房子》。莊：其實他想蓋第二層？童：所以他留了基座，以後有能力再蓋第二層上去，像樂高積木的概念。莊：他最終只完成第一層。童：對，停在第一層。〕

莊瑞琳　　你的作品讀起來很像是一堆奇怪的回憶錄，用這種方式在寫。你剛剛也有講，從《無傷時代》到《西北雨》，你認為《西北雨》才算是寫得相對比較理想的狀態。

童偉格　　對，實踐上比較完整。

〔走上通往野柳與國聖埔沙灘的木棧道〕

莊瑞琳　　我覺得用這種記憶的方式，你同時要完成很多事情，一種是它基本上比較符合你認為，一個人有限的生命，他只能這樣寫。然後，你可能也用記憶的方式在完成你語言上的美學。

童偉格　　對。很多事情要完成，那個有點像是同步完成，時空上的同步感，所

萬里下寮

以寫作這個動作變得比較複雜，原因在這裡。你其實是在辨識債務，就想像出那個債務，辨識出它的時候，自主選擇去承擔或處理它。它並不是一個始終存在的問題，對我來講有點像虛空造物，對我而言，這件事情很難討論，其中有一個因素是這個。它是同步完成的，在辨識它的時候，好像這件事才對你產生效應，然後就開始用寫作處理它。

莊瑞琳　你現在有辦法想起說，在不同的階段，你覺得你有特別要利用這個作品去實驗，或者達到自己心中當時覺得，比較理想的文學作品嗎？其實從出版來切分階段是比較粗略的。

童偉格　但還是可以切一切啦。《王考》就是先前一切總結，當時那時候，二十多歲能夠調動的，我自己覺得就是最好的狀態，就是這樣。到《無傷時代》進入一個比較私密的對話，一直到《西北雨》，把它完成。中間當然整個就是廢稿產生器嘛，屠殺自己。

莊瑞琳　那你為什麼會覺得是廢稿？

童偉格　當時有一個，應該說非常嚴苛的自我要求，都達不到自己理想中的標準，那不如就……那其實沒有辦法發表。

莊瑞琳　感覺一個人在閱讀的時候，世界很大，可是當……

童偉格　當他進入那個書寫現場……

莊瑞琳　他其實突然間變得……在一個非常小的空間裡處理很多問題。

童偉格　對對對，所以你看這件事情，是不是值得重新好好想一想。（笑）這種對應寫作的方式啊。我覺得我自己目前最喜歡的作品，其實是《童話故事》。

莊瑞琳　這個說法要怎麼確定呢？

童偉格　我覺得它很透風。（笑）

莊瑞琳　我覺得《童話故事》非常像〈消亡的起點〉的一個更完整的版本，而且是更完整的回答，回答自己。

童偉格　對，全面的版本。自我回答。而且它比較有建設性。好歹回覆了對我而言小說是什麼，這個基礎但重大的問題，但可能某種意義上它也是外邊的完成，就是我剛剛嘗試描述的，外於我這件事，這整個殊異世界，我把它描述出來。我的外邊的完成這樣。它不會進入一個非常抒情的內核，非常內向、緊張的狀態。

莊瑞琳　　那非常像說，訪綱第一階段的初始問題的形成，在你亂七八糟的裡面，它終於有一個梳理。

童偉格　　對，長出一個主題。

莊瑞琳　　我還有一一整理你的《童話故事》，每一篇到底是在破解什麼問題。（笑）

童偉格　　哈哈哈，真的嗎，它每一個有一個謎題這樣。

莊瑞琳　　《童話故事》出版是二〇一三年，在那之後的你的寫作，會有一個像階段的東西嗎？就是在《童話故事》之後。

童偉格　　那當然是字母會啦。字母會開始的時候，《童話故事》差不多已經寫完了，二〇一二年底就寫完了，這個重新開始的動作，對我而言有緩步進行。我自己比較高興的是，像你讀死亡 M，你其實很快就讀出來，跟之前的作品是不一樣的，但這不是每個人都能夠確定。但對我而言，就是有很大的不同。

〔聽見微微的海浪聲。木棧道旁多是木麻黃與黃槿。莊：這裡沒有風對不對？是不是很適合帶一般人來這裡？攝影翔：還不錯。童：沒有風錄得比較清楚嗎？莊：雖然在海邊，但因為有蠻大的雜木林阻隔。〕

莊瑞琳　　你寫《童話故事》的時候，是你確定，你可以一一去回答這些問題嗎？就是從文學的本體論開始，其實我覺得你每一篇都在解答一個文學的基本問題，一直到認識論的問題。

童偉格　　對啊，也應該要整理一下。是一路寫著寫著，就把自己知道的事情都納進來，因為當初其實沒有一個真正一開始就有的想法。

莊瑞琳　　所以那不是像規定自己功課一般的東西。它就像你在二〇〇四年會寫創作自述，可能到了那時候，你覺得你應該可以對自己交代，寫《童話故事》。

童偉格　　畢竟也經過了好多年。但整體架構是在第一次寫完，為了成書重新整理的時候，就做了刪改跟重組，對我而言，在後製的時候，整本書的邏輯才比較清楚。

莊瑞琳　　也許你的作品不應該被解讀成是，好像在理解一個作家的作品史。它其實比較像是，你為了寫作在做的事情。

童偉格　　對，它就是回答寫作的基本問題。

莊瑞琳　　反而並不是在，你的哪一本寫得有多好，或是哪一個故事寫得比較不好。

童偉格　　技術上的問題倒還好，它可以討論，但對我而言沒有那麼……

莊瑞琳　　那麼重要？

童偉格　　對對對。

〔莊：看一下小抄。童：哇，你小抄比我多。莊：對啊，因為我怕寫下來的訪綱不適合用講的。訪綱只是初步整理出來，我打算要問你哪些問題。〕

莊瑞琳　　《西北雨》我覺得是一種很有趣地反過來，就是好像看起來，也許你的寫作不那麼寫實，或是看起來有些人會覺得非常封閉，那我覺得有時候那就是回憶的本真。

童偉格　　對，本真性。

莊瑞琳　　人的現實生活裡面，這些事情就是不清楚的，然後它是很難用一種很明確的方式描述出來的，好像告訴你一個明確的故事，明確的情節。

童偉格　　我昨天還抄到凱麟對艾湧時間的說明，不是有一個概念嗎？就是混宇，chaosmos，混淆的宇宙。有點接近你說的，回憶這個形式的本真性，本來就是混亂的，但其實是這個混亂的情況下，才有可能形成，怎

麼樣在一個此時此地的當下，如何可能在這個瞬間，追憶所有的往昔，去承載無限的過去跟未來。就是你〔在訪綱〕寫的，在一個極小的一瞬裡面。

莊瑞琳　德勒茲講的艾湧就是這個概念，就是它是往過去跟未來分裂的。但我覺得那個當下是非常 humble 的，就是說一個作者現在的寫作時間的尺度，之所以要這麼微小，是已經不同於過去，好像寫作可以解釋整個社會，那樣曾經有過的文學史時間。

童偉格　對，這我蠻同意的。就是在微觀尺度裡面，牽涉過去的線索。

莊瑞琳　你什麼時候意識到自己只能用這樣的微觀的方式寫呢？

童偉格　嗯……我沒有明確的意識耶……

莊瑞琳　但這就是你會寫出來的東西。

童偉格　對，對我而言，在整體思考上，我個人直覺上也是，技術實踐上也就傾向這個形式，其實結果就變成這樣了。

〔核二廠的抽水站快到了。莊：是不是在那裡停一下？童：要到野柳了。編輯碩：真的耶。莊：我有點不知道這一段路以前的用途？柏油看起來也不是剛舖的。童：一個便道？莊：嗯，可能就是給核電廠抽水站用的。眾人在抽水站涼亭午餐，已近下午兩點。〕

永恆的投影

〔下午二點十八分。從核二廠抽水站涼亭出發，不時有響亮的鳥叫聲。即將走出雜木林，穿過萬里頂寮社區。〕

莊瑞琳　談無傷這個概念。但這些作品裡面，是連串的，辛苦的……所以無傷在哪裡？（笑）我覺得無傷這個概念比較是在想像，或相對來講比較像是宗教信仰要描述的事情。所以我想知道，你個人在文學世界裡面要呈現的價值跟信仰觀是什麼？

童偉格　好像可以分開來談，個人信念跟文學實踐到底呈現了怎樣的詩學。對啦，〔如你訪綱所言〕我是個無神論，我不覺得死後有另外一個層級社會，有的話就太悲慘了，死亡應該是一個無政府主義狀態，意思就是說它是一個理化現象，人肉身的消亡本身，進入能量守恆的宇宙的一部分，它就是赤裸的消失。一切想像其實是人性化的解讀，人性化建構的結果，就是卡繆那個名言，你賦予這個世界一個詮釋，就是賦予他人性化的印記，讓死亡傾向或者更為可欲求，或者更為可解。但事實上沒有那麼困難，這一切建構面臨的就是比較生硬的問題，就是肉身的消亡就是一切的終結，對吧？於是就像剛剛說的，整個文學實踐是背向防線，反身而跑的，但這裡面建構的不管是救贖觀念也好，所有一切，也許基於神學色彩的設計，它命定只能在一個比較封閉的場域裡面才有效。其實《王考》就有這個印記了，對吧？到《西北雨》結束，這整個內在宇宙的邏輯。這個內在封閉性，它既是修辭印記，也

是倫理追求，但也許可能同樣重要的是，它其實只有在這樣閉鎖的情況下，那個救贖的演練，才會在文學的尺度裡有效。但你當然知道這是一個迴路的問題，因為每一次對文學的實踐如果有效，同時也就對外部造成一個干擾，一個困惑，尤其就是對作者本人，這會不會是一個更大的虛妄，或者僅僅只是虛妄的演習？但我自己心裡是明白的，從《無傷時代》到《西北雨》，它本來就是一個最後僅僅只能進入文學的想像。它的一切願力跟實踐，來自於對外界的彌補，但它從那邊攝取的條理，當它自我愈完足，這個內在封閉宇宙就被留存得愈堅實，它同時也是一場更大的，像疾病一樣的東西。

莊瑞琳　　像疾病一樣的東西？

童偉格　　對，它是一種妄念（笑），一場熱病。

莊瑞琳　　我自己在理解無傷這個概念，它不太像是一個社會性或神學性的，並沒有一個不被傷害的世界已經存在在那裡。

童偉格　　沒有，沒有地方可以全身而回，全身而退。被出生這件事，就是一個無可挽回的喪失，你得要擁有時間概念，你要有空間概念，你得要擁有所有這一切的概念，所以你不會是你自己。

莊瑞琳　　你會有這樣的想法，講簡單一點，就是某一種人生觀。你自己有想過為什麼嗎？因為它基本上建立在蠻無望……它甚至沒有……連期盼也不需要。

童偉格　　對啊，因為餘生這個概念，倖存時間的概念，在我看來就是從出生就

核二廠抽水站
頂寮社區

開始了，出生就進入一個餘生狀態。它不是一個老年的狀態。

莊瑞琳　　我的意思是說，這會不會，跟你思考過曾經身邊的死亡事件有關？

童偉格　　可能有關啊，可能有關。這當然都是後見之明，我覺得它是創傷後反應，包括我自己後來回想，為什麼我大學時代念得那麼拖沓，就是所有事情都不願意去處理它。你知道它是你現在應該做的事情，但就不知道為什麼會無限期延遲它，延遲到不可收拾，這可能都是創傷後反應。這當然是你後來嘗試給自己一個解釋，覺得好像有可能是這樣，因為接觸到那個死亡，一直到高中時，其實沒有餘裕去多想這些事情，那個視野的遮障，一開始就已經把自己遮起來了。我第一次回憶父親死亡的場景，不是就小說作者，而是就童偉格，是跟駱以軍在《王考》後面的對談，我忘記他是私下問我還是怎樣，他說你這整個夏天到底記得什麼事啊？

莊瑞琳　你說七歲的那個夏天嗎？

童偉格　對，我就發現我真的不記得什麼事情，我只是一直在撿瓶蓋。

莊瑞琳　你知道那是死亡嗎？

童偉格　知道知道，知道父親死了，而且我就一直在旁邊聽。因為那是一個很漫長的等待過程，因為父親陷到那個礦坑底，你要等他們用機具，一個坑道一個坑道，一個避難坑一個避難坑挖出來，礦坑這樣挖下去，旁邊會打平行的避難坑，所以很多人會擠在那裡。他們開始往上跑，就竄進那個……

莊瑞琳　就躲在那個避難坑裡面？

童偉格　對，他們就集體死在裡面。一個坑一個坑都死了非常多人。所以那個機具挖下去，就要一個坑一個坑把這些遺體搬出來，所以那個夏天其實都在等待，但其實心裡已經知道，是知道的，生存機率不大，尤其過了黃金時間。但就在旁邊很安靜，聽大人們聊事情，聊今天又有什麼消息，大概到哪裡了，明天搞不好會出來。我自己還拿玩具，模擬他們描述的那個坑道，自己在那裡玩。後來想起來有點怪怪的，過於安靜，好像當時，立即就能夠理解，或者是接受這件事。當然你知道這是不可能的嘛，那只是一個遲延的反應，並沒有真的去處理它。或者沒有人幫我處理它，以鄉下人的立場，他們不覺得小孩會是一個需要特別輔導或什麼，所以也沒有談過這件事。

莊瑞琳　但你描述的這個場景，聽起來是一個蠻冷靜的小孩。

童偉格　　對，我其實小時候蠻皮的，但從那個夏天以後，就變得跟香菇一樣安靜。

莊瑞琳　　跟香菇一樣安靜……

童偉格　　就是很安靜。然後就是到了大學啦，突然之間沒有功課了，很自由，就開始想事情，就有一點自我癱瘓。（苦笑）我從大二開始……其實那時候應該要尋找幫助的，因為連上學都有點困難。

〔攝影翔要童在路邊拍照。童：很自然地走過去嗎？莊：像香菇一樣地走過去了。碩：還拿著錄音筆。童：哈，還自言自語地說，很自然地走過去嗎？這兩個人在後面取笑我們。翔：手放在後面，面向我。碩：童老師衣服沒紮好。童：阿伯的衣服露出來了。拍完照。童：（反光鏡下面吊著）小丸子娃娃。翔：會不會是冥婚？碩：我第一次到萬里在公車亭就看到一個信封還是紅包袋，人家就說不要撿。童：黃蟲在卡夫卡K不是寫撿到一條冷凍魚？海鮮也不能亂撿喔。〕

莊瑞琳　　所以你的受創反應delay很久。它經歷過兩個中學時代，包括整個小學。

童偉格　　delay很久，對。但我覺得一個是性格的問題，另外其實是因為，你看著媽媽……包括我姊姊們也是，她們的反應是，知道你不能夠有太激烈的反應，這個時候立即就會知道，其實最辛苦的會是媽媽，因為她不只是失去丈夫，後來她哥哥也同樣的，在相鄰的礦災中就走了，她一個夏天失去兩個親人。

莊瑞琳　　是在兩次不同的事件嗎？同樣是一九八四年的時候？

童偉格　　對，一九八四年夏天。

莊瑞琳　　大二的時候就癱瘓了。

童偉格　　對，所以整個外文系念了六年。對啊……現在想起來，其實如果有病
　　　　　識感的話，當時就要立即解決了。

莊瑞琳　　但你那時候開始寫作耶。

童偉格　　開始了。

莊瑞琳　　那怎麼又癱瘓又寫作？

童偉格　　對，你知道這件事……

莊瑞琳　　它是並存的？

童偉格　　對，它沒有……應該說它沒有互相排斥，但這件事其實不會幫到另外一件事。

莊瑞琳　　也就是說，即便你在作品裡面嘗試用一種文學的方式描述，其實那不是在做自我心理治療？

童偉格　　沒有辦法，我覺得沒有辦法。當然現在我們都明白，後來從林奕含的事情，你知道她違反了一個心理治療的悖論，就你其實沒辦法自我治癒，教育學也說，你不可能自己知道你不知道的事啊。自我療癒如果有辦法發生，它一定會產生一個負向的結果，就是你會有一點喜歡上這個傷痛，因為你不斷反覆訴說它，演繹它，這時候你會發現，剔除了或者接受自己已經被治療，從此可以不要再提起，這個狀態本身，其實是對自我的辜負。

莊瑞琳　　所以一方面你必須進去，但你也很怕自己在那個迴圈裡面。

童偉格　　對對，因為你其實往遠一點看，你就知道這件事情，一樣也是虛妄的事，你不可能憑一己之力，治療你自己，就是你要對他者有信任，當然你也得要對自己有信任，這個信任的其中一個部分是，你可以用比較有病識感的方式，評論你現在自我的狀況，因為人不是鐵板一塊。

你在這個地方失能了，會需要他人幫助，但是你還是你。但是一個二十幾歲的人，他怎麼會有這種……

莊瑞琳　　所以可以說從親近的人的死亡，後來反映在你的作品裡面，都在回答活著的人怎麼看待這件事情，你試圖在文學作品裡面建立那樣的生活世界，我的感覺啦。

童偉格　　對啦對啦，倒影一般的世界，或者擬像世界。如果改寫凱麟的話，這個影像世界就是對可能性的回復或可能性的取代。

莊瑞琳　　但有一點有趣的是說，你覺得有永恆這件事情嗎？

童偉格　　沒有。

莊瑞琳　　沒有永恆？

童偉格　　不可能。

莊瑞琳　　嗯～（笑）

童偉格　　這是一個神學問題嗎？還是一個直觀概念？

莊瑞琳　　直觀。

童偉格　　我覺得沒有。

〔頂寮社區突然出現六、七隻狗，狂吠。童：你怕狗？莊：我有點怕。童：那你不要看牠的眼睛。狗有點忌憚攝影。碩：狗怕翔哥。莊：攝影師很常跟狗作對。童：電廠就在那裡了。這裡就濱海公路，我回家騎車都停在這裡，到便利商店上廁所。〕

莊瑞琳　　所以你還蠻直接、很快地回答，你覺得是不可能有永恆這件事。

童偉格　　不可能。我可以反問採訪者嗎？

莊瑞琳　　我怎麼想不太重要。（笑）

童偉格　　我對這件事情沒有信仰。到後來，比如說杜氏，你知道他可能對這件事就沒有信仰，或他有信仰，但是他轉化那個東正教，是不一樣的東正教。他不是對永恆的虛構的救贖，不是對整個系統有興趣，他在意的是神性放棄的問題，就是他認為，基督人子值得尊敬不是因為他具有神性，而是因為他願意放棄神性，你可以在一瞬之間，窺見這個具有永恆價值的東西。

莊瑞琳　　所以具有永恆價值，不代表是永恆吧？

童偉格　　對，它是另外一個擬象，它不是永恆自身，它是永恆的投影。

莊瑞琳　　那你覺得你可以說得出來，你曾經窺見過的永恆價值是什麼嗎？

童偉格　　我覺得，尤其是最近，我愈來愈覺得我就是一個運氣非常好的人。有一種東西是，這人不太明白你，但他還是關愛你，譬如說媽媽對你的愛，姊姊對你的關愛，你有感受到這一點的時候，你會有一種接近於，

但你知道那其實只是投影，那不是真正的永恆本身，它可能還是會壞毀，如果我沒有找到比較好的方式去對應或回應這一點，或者是日後老啊疾病啊，都可能會改變這種狀態。可是你知道，這個事情可能還是會改變，但在你感受到的時候，它可能其實已經對你預告或暗示了永恆的質素應該是什麼，對吧？

〔草地上有幾張長椅圍成圓形，白粉蝶飛舞。攝影拍照。莊：好多蝴蝶。童：蝴蝶好厲害，好像舞臺劇的布景。碩：太夢幻了，是誰把椅子擺成這樣。童：蝴蝶多到不可思議。童：你知道我媽在幫絲瓜配種，因為沒有蜜蜂沒有蝴蝶。每天早上她都在做非常色情的動作，讓雄蕊與雌蕊交換花粉。莊：結果呢？童：絲瓜真的長得比較好。莊：萬里的蝴蝶多嗎？童：以前多到誇張。杜鵑花上掛滿了斑馬蟲，現在都沒有這種景觀了。〕

莊瑞琳　我覺得你應該在《無傷時代》就已經回答這個問題了。

童偉格　有，我回答了，對。

莊瑞琳　你有描述到一種原諒的感覺，那種感覺可能就是人所能夠發揮的最大的神性上的彼此救贖。

童偉格　對，就是人對彼此做的，近於神的事。但因為沒有神學的見解做支持，好像這方面又回到奇怪的迴路，我對它在社會體系上面應該是什麼，缺乏準備跟想像。它是一個近於詩的見解。可以從這裡先回答後面的問題，其實對我而言，問題很明顯，如果寫作還有什麼可能，或者我還要再做什麼事，這就是一個應該要做的事啊。

莊瑞琳　　什麼？再講清楚一點。

童偉格　　應該就社會體系去把它明白想一想，或者是更深切想一想這一切的事
　　　　　情，它的因果關係到底是什麼，這個景觀本身，如果不是刻意渲染的，
　　　　　把它當成奇觀來看，那它在時空上面出現，一定有它自己的脈絡，對
　　　　　吧？這是小說作者理應要有的準備。但它不是像我們剛剛談的，不是
　　　　　為了要完整地回應，或者以小說做為一個載體去回應當代的社會經濟
　　　　　狀況，不是，其實它是一個反向收納。把我們政治經濟的細節更深思
　　　　　更繁複地收納進，我們用小說來命名的這種文學創作。

〔他們停在那裡，看了一下位於金山岬與野柳岬之間的海。〕

我應該可以是一個更好的小說家

〔一路下坡朝海走去，遠處有人影的海堤，是核二廠出水口。兩側轉為林投等濱海植物。短暫的無風帶。〕

莊瑞琳　你的〈字母Q〉，感覺比較接近於現在放在《田園》〔新長篇，第一紀事環墟已發表〕裡的東西。

童偉格　對，它就是《田園》的一個副本。

莊瑞琳　你知道這很好玩。在政治、經濟或歷史的讀法裡面，我們可能都會讀過所謂殖民這件事情的一種非常標準式的說法。可是我覺得文學有一個功能是，能不能夠回到一個人的尺度去描述，什麼叫殖民者跟被殖民者？比如說我在〈字母Q〉裡面看到的，那個西班牙人間諜，他在想什麼，他可能在想什麼？那就是還原到人的角度去想，我們只是用殖民時期一句話帶過的東西。

童偉格　對。然後這個人的尺度，不應該僅僅只是從角色扮演或心理學的尺度去復原，很多時候其實我們是從場域因素去催促出這個人可能會有的想法。我希望它不是一個像古典戲劇那樣的尺規，去建構角色，開放它的情節、戲劇性，而是我希望從場域因素去猜想或觀測出他身而為人應該要有的想法。像這樣。

莊瑞琳　場域因素是什麼？

童偉格　幾個很簡單的問題，我為什麼會在這裡？這是一個問題。或者說什麼
　　　　動因催促我到這裡？但那個不是心理動因，是場域動因。

莊瑞琳　或者只是一些偶然因素。比如說我很喜歡 Q 的哪裡呢，就是他們原來
　　　　覺得，我如果要扮演那個離開家鄉的人，我應該去墨西哥城啊。我喜
　　　　歡這個。因為那個時代的想像，不是那麼簡單說，荷蘭人來了，西班
　　　　牙人來了，但那時候他們不想來。

童偉格　在所有文獻都看到他們來都有一種疲憊感，就是我不想來這裡。（笑）
　　　　想像中，他們也不是想長久居留在這裡，那是一個往中國或往日本的
　　　　通道，暫時的屯兵之地。

莊瑞琳　因為這裡是一個還不曾出現在想像地圖的地方。

童偉格　它沒有文明啊，以西方的尺度啦，它沒有他們要的東西。

莊瑞琳　接下來的問題是，你說你之前的作品，好像被稱為比較沒有社會意識，
　　　　或你覺得還沒有開放，或者收納更多社會空間進來，吧？可是我覺得
　　　　在你的作品裡面，它呈現的其實是臺灣政治經濟發展的另外一個反面
　　　　的敘事，是以山村做為一個隱喻，但不代表只是在講萬里。我覺得它
　　　　的傷或廢，是你自己已經講得很好，是現代生活純度最高的一個失敗，
　　　　其實發生在鄉村。

童偉格　欸？這樣想，我覺得我還蠻有社會意識的啊。

莊瑞琳　　其實我覺得再內向的文學它不可能沒有社會意識。

童偉格　　對啦對啦，但意識到這件事，然後要開始正面處理它，真的其實還是在《童話故事》以後。包括本來《田園》的稿子，它就不是長這樣。

莊瑞琳　　對啊，你本來不是要寫農夫嗎？

童偉格　　對，就是很簡單，以我外公做為藍本，但我後來發現，知道應該要這樣看的時候，完成的初稿其實是沒辦法站住腳的。

莊瑞琳　　你是說寫完《童話故事》以後？

童偉格　　對，於是《田園》已寫的部分，就知道它不成立，要重新再打開一次。

莊瑞琳　　原來以外公為藍本的寫了多少字？

童偉格　　有結案，我記得交了十二萬字。

〔出現枯木圈住的草地，翔要童進到裡面拍照。翔：偉格看我，再看那邊。童：要繫好衣服。碩：問到第幾題了？莊：山村，接下來問家，問完家以後，就是永恆。但他剛剛已經說沒有永恆這件事。碩：提前回答了。四、五種從清亮到粗啞的鳥聲循環，海浪聲與車聲仍在背景中。〕

童偉格　　接下來鄉土，對不對？我從二〇〇二年反覆反覆說，但就是一直沒人理我。我在意的不是鄉土這個標籤，我在意的其實是它被討論的方式，反感的不是自己被命名為鄉土文學作家，因為我不覺得這有什麼。但

我討厭的是，它其實是一個非常憊懶的討論方式。所以我針對的其實是，這個東西被定名，被用固定的方式演練，所以它幾乎沒有任何文本深度的解讀能力，也分不出，被它一體納進新鄉土文學的這些人，他們也許可能內部有多大的差異。除了你訪綱提到的蕭阿勤，後來我也讀了陳培豐的相關研究，鄉土文學的癥狀結構論文也讀了，在論述上可以非常簡單地破解，那不是太困難的事情，包括模式上的重複，還有一切鄉土文學都應該要對應的外邊，就是它所對話的對象是什麼。在這裡面我讀到，其實在三〇年代鄉土文學這個名字，事實上是被做為一個協商的工具在使用，這也許是這整套相似的論述裡面，唯一最有創造力的東西。當時的臺灣知識分子在同化運動裡面，必須得要不斷強調，OK 我們承認我們是地方文學，就是日本的也許叫某鄉某土的文學，但這個鄉土具有它的特殊性。所以他們可以用詞來掩蓋，他們其實有可能正在從事對臺灣本土新的追求。但這個是在跟中央對話的框架裡面所爭取到的，一個特殊空間。是在這個尺度上，鄉土文學做為一個協商的工具，使用它的人，展現了它的創造力。

莊瑞琳　但是這個創造力並不存在於後來的，比如說新鄉土，這個戰後第二波鄉土文學的命名。

童偉格　對，它沒有任何深度，就是一個認領的概念。一個人認領苗栗銅鑼，一個人認領北海岸。以這樣的方式，方便它在詮釋上，比較可以總體把它們全部籠罩在一起，去描述一個好像若有似無的寫作共同徵兆。大概其實只是這樣而已。你們可以問說，所以它的對話對象是什麼？或是它在論述上整個框架設計是什麼？然後就會發現，有點難以定義，不太好回答，因為它就是一個空的符號。我反對的是這樣的論述方式。

莊瑞琳　我回去爬梳了一下，發現是二〇〇四年開始有新鄉土這個說法，可是在二〇〇四年之前，創作者早就在創作後來被歸類的那個東西了。跟過去很多文學運動不一樣的是說，它不是創作者自身所提出來的一些創造性的抵抗論述。

童偉格　不是，它們〔新鄉土文學的論述〕沒有在抵抗任何事啊。

莊瑞琳　我反而覺得後來最大的諷刺是，其實所有的創作者在反的就是，他們最後要命名的那個框架。

童偉格　沒錯，那個太粗糙了。你剛剛其實也描述一件事，原初在那個起點被歸類為新鄉土的那些人，其實他們或多或少都已經做出了超過這個尺規的事，創作上面也是，但比較奇怪的事情是，這種懶惰的印記會一直黏在他們身上，即便到現在，我還是可以被稱為是一個新鄉土作家。

莊瑞琳　而且這個放在現代性的發展裡面，也是另外一層次的諷刺，就是說，

到後來就會發現這個鄉土無限的擴張，什麼都可以被倒進鄉土的範圍裡面，那是因為我們自己可能對現代性的解釋上面出現了困難。

童偉格　對，這是林巾力的論述，她有說過。我們對現代性解釋出現困難，所以原鄉本土是做為一個精神性的安慰存在，因為這種永恆不變的東西，可以延緩時空追趕的時候所帶來的焦慮。

莊瑞琳　它同時可能是一種解釋上自己所需要的一種框架，而跟文學創作無關，這個解釋框架可能是在於這個文化的發展，它也許走到，跟蕭阿勤講的「民族文學的打造」有關。

童偉格　對，它的確是。

〔出步道終點旁是臺二線。風聲與車聲突然轉大。莊：就是到這裡。童：到核電廠門口了，到出水口。莊：我們往那邊走，去看出水口。〕

莊瑞琳　所以我才會覺得說，不如說九〇年代以後的文學跟鄉土，其實產生一個很緊張的關係，反而是這個標籤讓這個緊張變得非常明顯。

童偉格　按照邏輯上是這樣沒有錯。但我會覺得，以新生代的文學想像而言，這其實已經不是個問題了。這件事情，有點像論述遠遠追在創作後面，它有點無法解釋，所以它就 murmur，或同語反覆自己的老詞彙。這是第一個。第二個，當然因為鄉土文學這種標籤，彈性很大，所以最擴大解釋，其實全臺灣就是全臺灣的鄉土，所以那個中心主體才是論爭的重點。但這個東西是反文學的，就像你在訪綱說的，因為它是一個給定的，一個先驗的給定，一個規範。我也有研究過他們怎麼描述這

個癥狀結構，但事實上，除了這個中心的空缺，它可以隨時填空以外，其實不管是臺灣性的追溯，或者中國性的追溯，它們的建構方式跟模式是相似的，所以這個論爭沒有意義，因為用的詞彙都是一樣，就是兩個人說著一樣的話，但他們會吵架，這是因為那個中心的空缺，本來就不是可以討論的事，看你要填什麼進去啊。所以每一派的人會在鄉土文學運動當中讀到他們要的東西。你可以看朱天心對鄉土文學的解釋，把它視作一個廣義的民主運動，它的對應或抗爭主體其實是戒嚴政府，這裡面沒有關於臺灣性的問題。所以你會發現，所有迴路都解釋得通。

莊瑞琳　　就像你說的，它就是一個廣大的受創反應的連鎖鏈。事實上可能所有比較晚近的國家都有類似的問題……

童偉格　　或者國族文學的重構，系譜性的想像。第二個反應就是，怎麼樣在教育裡面保持這件事。臺灣的困難在於，沒有一個東西有共識。對新生代的作者而言，如果沒有特殊的情感認同，他們不會有一個中國性的想像，但就算他們的文學已經行之有年了，就像黃崇凱，但這已經是文學之所以發動的條件，而不是在文學當中討論的事，這是黃崇凱的臺灣想像。即便對新生代而言都沒有問題了，但你會發現，臺灣對自己當代文學的論述，就是不在乎，還在討論對新生代而言已經不用拿文學來處理的問題，因為它是文學產生的起點。

〔往出水口靠近，轟隆快速的水流。上到海堤，不遠處有釣客。童：出水口的魚應該不能吃。莊：還是他們只是想釣？童：再放回去。海風像刮過布匹的聲音。童：我研究過反應爐原理，叫作沸水式。它反正就是三個步驟，反應爐產生高熱，水推動鍋爐，第二步發電，第三步冷卻。它最重大的瑕疵就是加熱時間很短，冷卻

頂寮社區

核二廠出水口

時間很長，無法完美地自體循環，就要有進水口與出水口，是個非常中二的設計，把全世界的海洋納入它的循環系統。兩人坐在海堤上的椅子，背景是瀑布一樣的聲音。莊：這邊風比較大，你要拿近一點。童拿高錄音筆：好像在唱 KTV 喔～）

莊瑞琳　剛剛講文學跟鄉土，我覺得文學從一開始，幾乎在全世界各地都不可能是鄉土文學。我在訪綱有提到，你在戲劇所論文後面提到對優里皮底斯《獨眼巨人》的研究，他必須還是回到一個希臘化的狀態，但他承受的影響可能是幾百年前荷馬的《奧德賽》，所以文學的繼承跟債務範圍是愈來愈大的，很難還是用一個非常局限的方式在想鄉土這件事情。

童偉格　對，就是沒有想像力的方式。

莊瑞琳　　所以我想問的是，你在《童話故事》裡講到同代人的問題，你怎麼思考同代人的黑暗呢？

童偉格　　我們在國際書展講座那天，崇凱有句話讓我抖了一下，就是〔說我像〕袁哲生的私生子這件事。當然他是嘗試要用一個比較詼諧的方式講文學上的影響。我自己的想法，關於同代人或者世代想像，對作者創作想像的局限在哪裡。其實可以反過來想這件事。如果用最狹義的同代人，我其實不覺得理論上我跟比較親近我的那個世代是同一代。像我很晚才發現，我跟黃崇凱其實也只差四歲。我整個精神徵兆上都覺得我好像是駱以軍那一代，或者是袁哲生。所以後來我想，同代人是一個精神上的選擇，如果這裡面存在著債務的成分，有點比較像是自主性地去承擔它，在這裡決定了，你在這個時間系譜裡面，把自己放在什麼樣的位置。於是在那裡，一個更完整的情感邏輯，才會演練出來。

莊瑞琳　　完整的情感邏輯？

童偉格　　就是說，你要跟某一個東西或人對話，你一定要知道相對位置是什麼，於是在演練上，所有這些敘述或書寫本身，會有一個更完整更嚴密的情感邏輯被演繹出來。所以那個同代人的黑暗，是不是有可能在這個情況下，它原來就是一個想像建構的結果。你認知到這點，然後你有一點自主地將自己放在那個位置上。

莊瑞琳　　如果是你呢？你自主選擇的黑暗是什麼呢？

童偉格　　我啊，覺得是整個內向世代吧。當然，不是一個非常嚴謹的學術上的詞，但也許說不定……也許從駱以軍，袁哲生，跟那一代人這樣。雖

然我對他們，沒有個人私人史上面比較多的理解，但我覺得在文學想像或文學限制上面，基本上我們有相似的起源狀態。

莊瑞琳　　那個是什麼，相似的起源狀態？

童偉格　　我覺得是現代主義在非常後來非常後來非常後來，留下來的一個最小的小孩，在臺灣的現代主義。

莊瑞琳　　整個世界現代主義最小的小孩，可能是出現在臺灣。

童偉格　　最孱弱的小孩，最幼齡的。

莊瑞琳　　所以你想要跟這個孱弱的小孩對話？

童偉格　　對，當然也是看他會不會長大。因為他夭折的可能性很高。你只要看他，他跟前行一代，即便只是跟臺灣的現代主義比起來，他有多虛弱，他對自己的想像，對所有一切的想像，對自己在世界中的位置，想像有多蒼白有多脆弱，你就知道了，他甚至都沒有那種費洛蒙。七等生式的費洛蒙，舞鶴式的費洛蒙，黃錦樹說的，就是大雞雞嘛。你看都沒有啊，你看駱以軍……他們對自己主體的想像，把自己畫在一個非常非常邊邊，去窺看一切的墳塚，漂流木啊，所有這一切，已經薄弱到很像一張紙了。

莊瑞琳　　我覺得現代主義，作家所謂的現代主義創作的養分，大部分是來自於失敗的生活。

童偉格　　　對，失敗的，受挫的生活。

莊瑞琳　　　可能是個人或某一種特定的團體〔的失敗〕。所以我在想，當然這是我
　　　　　　自己站在解讀的想法，也是我在訪綱有寫到的，也許你幾乎在童年階
　　　　　　段，就意識到有一種現代的失敗。而那可能是山村給你的禮物也說不定。

童偉格　　　它是最後，你在最沒有辦法的情況下才會回去的地方。所謂家鄉這件
　　　　　　事。尤其在你生命的一開始，所有人都告訴你，這是一個準備艙，你
　　　　　　有辦法的話，你應該要離開的。

莊瑞琳　　　對，你寫蠻多離開家的人。

童偉格　　　對，離開家，當你再回來的時候，你可能就已經是個怪物了，對那些
　　　　　　原鄉本土的人而言……

莊瑞琳　　　我發現其實，〔碩論劇本《小事》後面提到的〕林志昌可能是《西北雨》的
　　　　　　一個原型，他就是你們小時候認識到的一個怪物……

童偉格　　　對，然後把幾個人的印象集合起來，但他是一個原型描述。你可以在
　　　　　　很多書，例如亞歷塞維奇的書裡面也會看到，這個人一定是離開家鄉，
　　　　　　他一定是發生一件什麼事，而這件事有可能是宇宙等級的事。比如說
　　　　　　在戰場上，真的殺人了。他壞掉了，然後他回來了，但他沒有辦法跟
　　　　　　原鄉本土的人說明這件事，因為那個語彙非常困難。於是從另外一邊
　　　　　　觀望，一直會覺得他是一個怪物。然後我最初想要處理這件事，最後
　　　　　　也寫出〈王考〉那個單篇，其實是做了一個雙重對照，因為這個東西只
　　　　　　有在你意識到先前曾經有這樣一個人，對那個敘事者而言就是他的祖

父，他不知道為什麼來了，然後他沒有辦法跟人家說明，他之前也許遇到了一件什麼事，他沒辦法說，但只有在這個情況下，他們兩個人才有辦法在沉默當中，有一種互相的理解。但其實這個情況很罕見，不可能發生，因為最怪異的不是離鄉背井受到傷害這件事本身，最怪異的其實是，在原鄉本土之外，這個世界非常劇烈地變動，所以我遇到的宇宙等級的事，跟你遇到的宇宙等級的事，它們沒辦法溝通。這個是所有這些荒村，最後剩下的結果。

莊瑞琳　吳介民曾經提到，如果要評論你，他最想寫的就是那個孤獨感。所以我在寫訪綱時也在想，感覺那個孤獨來自於生出你的地方，也就是當你在外面經歷，你說宇宙等級的事件好了，你發現你再也無法跟生出你的家人溝通。其實我認為那種孤獨感，搞不好也是你在處理所謂現代主義這件事，你一直在面對的東西。

童偉格　有可能……但現在愈來愈，比較清楚了，也許站在一個評論自己的觀點來看，的確有可能就是這樣子。

莊瑞琳　就是哪樣子？

童偉格　就是像你說的這樣。（笑）

莊瑞琳　我隨便講的。（笑）

童偉格　按照模式分析，它就是敗者的生活，這個東西不可能被理解。

莊瑞琳　可是你知道，對臺灣的創作者而言，要擷取的這一段，必須去面對現

代性失敗的部分，其實在過去很多文學史上面來看，也已經有很多段不同的〔失敗經驗〕。最簡單的就是《羅亭》，他經歷過一個秩序的變遷，所以變成一個多餘的人，是很經典的文學象徵。其實我覺得後來的文學家都可能在處理同樣的〔歷史造成的人的〕落差，所以我覺得我在理解你的《西北雨》之前的狀態，感覺是在做這樣的事情。

童偉格　　明白。

莊瑞琳　　是嗎？呵呵。說得通嗎？

童偉格　　說得通。精神史，精神徵兆上面的描述，它不是這個人戲劇性的收羅，或者是伸延，它其實就是企圖排除私人史的精神地貌描述。

莊瑞琳　　現在看很多舊制度或舊秩序的轉換，它可能是透過一個革命或者是一個制度的解放、改變，或者一個王朝的瓦解。可能事後看，法國舊制度或俄國農民制度的結束，好像在一個很大的歷史輝煌的改變下出現。可能我們在當代會覺得，面臨的歷史都非常的局限、短促，包括臺灣進入的這個開始必須面對現代帶來的失敗，這件事情可能四九年後跟前的失敗經驗，是不能夠劃上等號的。我相信四九年前的日本時代也有很多失敗的人，但是不是可以跟⋯⋯我不曉得萬里，如果有發達的時間是什麼時候？有嗎？

童偉格　　應該有⋯⋯

莊瑞琳　　是在七〇、八〇年代更早嗎？

童偉格　搞不好就是從國府〔來臺〕那一刻，它其實就已經處於一個衰敗的……因為包括基隆港的加深加建，要把周圍其他港口全部吸納進去，這件事本身……我猜的，我看過《萬里鄉志》，隱約有這個印象。它最繁盛的時候，其實好像應該是清朝，就比日治還要早了。

莊瑞琳　所以我會覺得，現在看起來似乎在有限的生命裡面，我們只能描述或萃取這些經驗的總和，它如果要被封存起來，應該叫什麼。我在想，這或許是臺灣的現代主義其實沒有發展完成……

童偉格　對啊，沒錯。你是在說，這應該是一個發展的方向，還是說……

莊瑞琳　應該是說我會覺得，我們在看別人的文學作品，很容易理解到那是一個秩序的變遷下帶來的……因為文學要活在一個這麼恢弘的改變，理應就是，我是一個杜斯妥也夫斯基，我知道農奴制度結束了，於是我的國家進入了一個什麼狀態。其實所有的偉大作品都不是在一個所謂

輝煌的歷史下完成的，所以我比較想問的是，那你現在理解到的這個短促的失敗，是不是你還在體會，以及你已經想出什麼了？

童偉格　對，我還在想，然後我要想的是，怎麼樣讓它更全面地表達出來，包括我現在其實並沒有真的想清楚的部分。所以就是《田園》的慘狀……

莊瑞琳　就是不滿的原因對不對？

童偉格　對，因為我其實大概的模型都有了，而且我也可以把那個模型畫出來，雖然那個模型想像很好很厲害，但是我找不到真的每一步都可以把它完成的那種可能，我還沒找到。對我來講，這個短促你要反過來看，你要把所有短促都合在一起，它才會成為一個所謂臺灣的時間尺度。所以它應該有一個像永劫回歸史的狀態。

莊瑞琳　像我在看杜斯妥也夫斯基的《作家日記》，我看他那些社評，看了都想摔書，好爛的評論，而且你有沒有覺得他某一部份保守的狀態還蠻嚴重的。

童偉格　很嚴重，他是一個非常蹩腳的政論者。

莊瑞琳　對，但我覺得這不妨礙他寫出那樣的文學作品。

童偉格　而且甚至他的文學實踐，其實沒有原原本本照著自己那麼爛的想像來寫，就是他保持一個寬裕，是只有在寫作現場，才會被催發出來的。包括自我懷疑，包括對話，包括他有一個非常重要的能力是，去模擬他會反對的那種人的思維，包括他們的語言模式。這是一個非常重要

的小說家能力，就是他有一個全面的關照，而且特別會觀察他所不會同意的事，不會同意的人也是，那個邏輯進入小說創作模式的時候，就產生一個對話的狀態，所以你不會覺得他是一個像他自己寫政論一樣，那麼生硬的一個創作者，剛好相反。

莊瑞琳　真的，因為我發現他的論述跟他的寫作落差也太大了。

童偉格　太大了，大到不可思議，巴赫金就說啊，那個政論可以不用看。

莊瑞琳　真的，但是如果站在研究的想法上，是可以觀察出文學史的意義。就是說他所身處的時代，他自己視界上的局限。

童偉格　那如果按照你現在這個尺度來看，我覺得我現在的問題，其實是我對整個事情沒有一個全面的瞭解，我有模型的想像，也知道整本書應該長什麼樣子，但是那個細部上面其實是一片黑，是很奇怪的現象，跟《西北雨》剛好相反。

莊瑞琳　《西北雨》是有細部的對不對？

童偉格　它每個細部都是亮的，但我不知道怎麼把它組起來。對，就變這樣。所以就很怪。沒關係，這個就再想一想。

莊瑞琳　哈哈哈。

童偉格　怎麼了？（笑）

莊瑞琳　　我覺得很有趣。

童偉格　　只好再想一想……不然也沒辦法。

莊瑞琳　　只有模型，沒有內部。

童偉格　　對，只有模型，我已經從頭到尾想好了，整本書應該要長什麼樣子，章節應該要長什麼樣子。內容物是……

莊瑞琳　　但是細部跟人的時間的啟動是什麼？

童偉格　　喔，那個很簡單啊，就是三條時間線，但是三條時間線會互相咬，就很像那個莫比烏斯環，它是一個三環，三線結構，第一條線是這樣寫，第二條線會從遠方發動，但它在三分之一的時候會經過第一條的結尾，所以第三條線也是一樣。所以整部書最結尾其實在全書的前三分之一後面就寫到了，最後整個咬合在一起。每個步驟都是像臺灣的時空景觀一樣，是非常短暫非常短促，在舊的制度還沒發展出意義的時候，新的制度又來了，每個都這樣短短的短短的，但它全部咬合在一起，它有它自己的邏輯在。

莊瑞琳　　但是這個環是暗的？

童偉格　　對，就是說，環的流路是清楚的，但是細節還是暗的，因為你不可能僅僅只是……比如說像現在《田園》第一章這樣，從史料，到完成領導人的敘事，這樣就算了，這樣沒有意義，應該要有更多關於在臺灣生活這件事的協商。然後要有更多的想像，更多的創造。所以我還在想

辦法。

莊瑞琳　我覺得字母 Q 比環墟好看。

童偉格　我也覺得。

莊瑞琳　你也覺得嗎？

童偉格　對，比較完備，比較完整啦，至少它……

莊瑞琳　很鮮活，因為我覺得文學重要的是生活場景的重建，就是可以感覺到
　　　　那個人的狀態，而且是非常人性的決定，非常人性的感受。

童偉格　應該要是這樣，至少應該要是這樣。

莊瑞琳　但環墟還是比較像景觀。

童偉格　對，因為照字數上來看，它幾乎就是全書的前三分之一。它有一個像
　　　　目錄一樣的現象，它是一個地層摺皺，它要把這個書後面要拉開的，
　　　　全部都擠在裡面。因為這個斷章的結尾就是故事最後的結尾，它會迂
　　　　迴地繞過來之後，從一個新的切角進去。設計上應該要這樣，所以它
　　　　每一個設計都像是景觀的切片。

莊瑞琳　但是，這兩個版本也差太多了吧？從原來的田園到後來的新田園。

童偉格　只留了一個小段，關於那個老農夫……

莊瑞琳　　所以他會短促地出現？

童偉格　　對，他會在書的後面，整個九分等比的話就是最後的那個，倒數第一
　　　　　或第二。

莊瑞琳　　那也許是你的尺度改變了，原來想的那個計畫尺度不再能夠容納你現
　　　　　在想的事情。

童偉格　　對，所以我那時候有跟你說嘛，我還沒寫出來，但我明確地知道，我
　　　　　應該可以是一個更好的小說家，這是沒有問題的。會不會太誇張？〔莊：
　　　　　太自傲了。〕沒有啦，我只是平靜地陳述這件事。

莊瑞琳　　「我應該要是一個更好的小說家」這句話嗎？

童偉格　　「我覺得我應該要是一個更好的小說家。」

莊瑞琳　　「應該要是一個更好的小說家。」

童偉格　　就是這樣，但它不是空想，我心裡是知道的。但是……作品還沒寫出
　　　　　來。（笑）有點像櫻木花道有沒有，罰球都還沒練……

莊瑞琳　　櫻木花道，永遠都在幻想……哈哈哈。

童偉格　　罰球都還沒練，就覺得我是天才（笑）……但不是這個意思。只是多年
　　　　　以後，這件事沒有斷，我持續在想，當然知道，不可能到了四十歲還
　　　　　是像二十五歲那樣的，對小說的想法，這不太自然啊。

台電北展館公車站牌

莊瑞琳　　這當然，當然。時間也在你身上做了事情。（笑）

〔莊指童的白髮：時間做了事情。童：喔，懂了懂了懂了。莊：那我們去坐車。童：好。他們關掉錄音筆，沉默中往臺二線公車亭走去。除了腳步聲，沒有聽到別的聲音。〕

<第五幕>
展現一個真正的對話

〔下午三點三十八分。搭上前往萬里的國光號。語音：下一站野柳。野柳到了。全票上車。全票上車。全票上車。在車聲中。童：這次你不是要我寫基列三部曲評論。莊：對，關於新世界。〕

童偉格　　羅賓遜一直刻意不寫傑克，到底他做了什麼難以饒恕的事？除了有提及的事情之外，其實沒有一個重大的，比如說殺人這種事，或者是造成不可彌補的壞毀，當然他也造成不可彌補的壞毀，但那其實更像一個無心的結果。

莊瑞琳　　像是無能的人……造成他的小孩死亡。

童偉格　　對。但你考量他的年紀，就覺得這不是一個那種等級的事。他的父親，包括父親的朋友，長久不原諒他，有一點是因為，傑克提醒了他們這整個世界，其實不那麼平穩，不那麼健全，不那麼理所當然。

莊瑞琳　　而且那個信仰是不穩定的。

童偉格　　對，那個信仰也是排他性非常高的，甚至連去想像黑人可能的存在都
　　　　　不可以。第二部最後有非常明白寫出來，這是一個沒有黑人的地方。
　　　　　只有在把這些全部排除在外時，他們從經典建立起的生活才會有效。
　　　　　但傑克做為一個逆子的意義，其實是因為他一直在提醒這個天堂裡面
　　　　　的人，這個伊甸園是不穩固的，那就只好被放逐出去了。

莊瑞琳　　我覺得我很喜歡這個作品有一個原因是，它沒有直接去描述那個黑白
　　　　　種族問題。它不會明確告訴你，那是因為他娶了一個黑人太太。

童偉格　　對啊，以現代觀念來看，關於娶黑人這件事情有什麼錯嗎？但對於他
　　　　　們那樣子嚴密辯證的信仰跟社群而言，傑克的存在就是挑釁。包括你
　　　　　說它沒有明白寫出來的緊繃，那個嚴苛，其實在這個平靜的描述裡面，
　　　　　就可以感覺到。

莊瑞琳　　為什麼我這次特別想要做所謂的新世界，這個詞是很危險的詞，也不
　　　　　應該用得那麼直接。但我覺得，幾乎所有這些曾經被殖民過的地方，
　　　　　它的文學後來一直在處理，第一個是受創反應，第二個是持續沒有
　　　　　終結的衝突，已經變成內化性的衝突了。那這個東西，文學家怎麼去
　　　　　處理，而且我認為文學還是有個功能，它最終還是有一個和平跟和解
　　　　　的……它不是表面意義的和平，但試圖要達到這種平衡。我想知道你
　　　　　對這個東西的思索，因為我認為你在寫島嶼精神史可能跟這個有關。

童偉格　　對，有關。雖然力有未逮。（笑）

莊瑞琳　　但，你應該會是一個更好的小說家。（笑）

台電北展館公車站牌

童偉格　呵，努力中努力中。或許就像前面說的，這個東西如果不是一個虛妄的，關於救贖的想像的話，那它勢必得要經歷更具現實的 integrity，和現實條件的檢驗。包括整個小說的組成，內在的景觀，甚至它應該要開放一個其實《王考》跟《無傷時代》，即便到《西北雨》可能都沒有的，真正的跟異質的對話，對吧？可以說我所有一切寫作都走在自己的象限裡，它其實不是一個跟外在對話的，具有對話的有效性的那種作品。

莊瑞琳　這樣講我就有一個感受，確實之前，尤其是《無傷時代》跟《西北雨》，我覺得是一個安全的事情。安全，但是很痛苦的世界。就是你說的異質，或者其他形構它、扭曲它的那些東西，還沒有被說明出來。

童偉格　對，甚至它在想像上，其實是保守的，因為它沒有任何不舒適啊，不會引起……對自己而言……

莊瑞琳　真的，所以我覺得閱讀你的作品有一種危險，什麼危險呢？這不是你的本意，但最終有些喜歡你作品的人，會耽溺於這種奇特的詩意，著迷於這樣的詩意，但事實上那些是最該被丟棄的東西。

童偉格　對，因為對我來講，不應該只是這種層次的問題，但小說也不是文字的問題，但沒錯啊，你講得對，你講得對。我們現在討論的事情，其實都是在回答後面那個問題，就是小說家的未來可以做什麼？有點像這樣，它應該要展現一個真正的對話，對吧？

莊瑞琳　但這一切你還是必須在這個道場裡面，真的有修練，而且你有面對它，你才能說你可以去看以前對你來說，應該是超出你能力所可以看的事情。

童偉格　是啊是啊。那根本也超出我意願。這一切都應該要，慢慢追趕上來。

莊瑞琳　可能我的養成比較奇怪，所以我喜歡看東西的社會性跟人，所以我一開始對你作品的理解就不覺得它有那麼內向。或者說，用同樣的說法去講，其實所有所謂內向時代也不是內向。

童偉格　我記得那天凱麟有說過，其實誰不是內向時代？在文學的實踐上，誰不是從自己內向的觀望裡面……

莊瑞琳　那我反過來講，誰不是社會性？我認為人就是社會性的構成。

童偉格　你一定某種程度上面，在描述或者回應了這個事情，一定就是這樣。所以那個基列三部曲不難，難是難在整個所創造或詮釋的世界，在評論上要怎麼樣用另外一個話語把它描述出來，就是羅賓遜幾乎花了所有精力在建構的那個世界。其實那個小說最大的重點，不僅僅只是這些人的遭遇，而是她花了很多時間在複現那個小鎮世界到底怎麼回事。那個思維，彷彿時間空間都不會動的那個狀態，你在評論上得要描述它一次，這個描述出來就好了，因為這三部曲沒有其他更大的重點。傑克倒好解釋，因為放在其他世界裡面，他其實就是一個正常人而已。

莊瑞琳　對，這個作品的空間時間都變壓縮的，它一切都是很難被啟動的，他們一直在修車，修完之後去小鎮遊歷，那個遊歷都感覺，好像只是遊歷一下……

童偉格　也沒東西看嘛。

莊瑞琳　　很快就遇到小鎮的盡頭，就回來了。

童偉格　　車子又壞了，就這樣。每天煮飯，週末上教堂。

〔童：這是萬里了。語音：萬里區公所到了。全票下車。全票下車。全票下車。〕

莊瑞琳　　我在想，臺灣當代文學的動力問題。你怎麼去觀察？這些啟動的能量，它的動力的根源，因為你現在也讀比較多年輕人的作品。

童偉格　　一點點。

莊瑞琳　　還有包括比你早的世代到你自己，不管是不是叫新鄉土，這些曾經努力過的人，可能留下的，你想像中的遺產會是什麼？

童偉格　　文學創作這件事情本身已經無利可圖了，這件事情附加價值還有什麼，其實已經沒有更多的想像了。所以會從事文學創作的這些人，他們有可能對這件事情其實就是原原本本地喜愛，這是一個。但我覺得在表達的方式上面，當然也是一個，我們是從這裡看到新世代的徵兆，包括對於自己是作者這件事，怎麼想像，怎樣在社群媒體上跟讀者互動，他們其實在遠遠比我們年輕的時候，就已經非常習慣這種身分上的轉換。所以對我個人而言，有些我到現在還沒有辦法，真的比較從容自在地去處理的，例如作者身分的問題，但這些對新世代來講好像都不是問題。再來是，我們有時候把這個想成是純文學跟類型文學之間的對比，因為現在的新生代作者，也許不會僅僅只是從純文學的尺度，光僅僅只是從這個尺度去想這個事，我們看到的比較多是類型上面的

僭越，就是混用、混淆，甚至包括文類上的混淆，也是常看到的現象。但我覺得這不是純文學跟類型文學對比的問題，而是純文學正在改變它的意涵。

莊瑞琳　這是你現在的觀察？

童偉格　對，這是一個新世代的文學吧，我猜。我在薄霧書店的講座有講過，例如蔡俊傑、李奕樵的作品都有這個現象，用這個來定義，也許我們現在會面臨的狀況，但這個狀況其實已經在各個領域發生了，人類學早就發生過了。文類上面的混淆，也許是未來一個可以觀察的共同徵兆。

莊瑞琳　但這只是一個徵兆，你有自己的解釋嗎？

童偉格　我覺得這是遲來的結果。你明確知道創作已經不是在回應當代的政治經濟現實了，當你回應的也許是一個更硬核，關於創作論的問題，或者是純文學創作還有沒有必須的這個問題的時候，那你動用的其實是種種所有以前可能的方法，所以它最直接的現象其實是，在另外學門上看來已經不新鮮的，就是文類上面的混淆。這個辯論延伸出去，就是關於散文的論爭，如果現在從這個現象開始解讀，散文的本體論就應該要重新定義，它本來就是一個非常脆弱的文類。

莊瑞琳　我在讀路易斯的《貧窮文化》時，他這樣的人類學家，寫的東西基本上有點像你說的，跟小說一樣好看，但我知道它不是小說。但也許在當代世界對於敘述的需求上，它某部分搞不好取代了文學的角色。但這樣講也不太對，我只是在讀的時候會這樣想，確實，因為它也用了敘事技巧，也必須使用到人物塑造，就是說它看起來跟文學有一點點接

萬里區公所
萬里橋頭

近，它有用到一些這樣的工具。

童偉格　　對，就是虛構技術嘛。我們如果只是光檢證文學的尺度，譬如說亞歷塞維奇、廖亦武，他們所做的已經就是這個現象最直接的結果。因為當你要面對的是一個非常難以書寫的景觀時，必須要動用所有你所能的去寫的時候，你所有的，當然其實就是這種文類的混淆，這是一個啦。但第二個還是，這個事情我不熟，但我有觀察到這個現象，就是詩的再次興起，但我有時候讀一讀覺得說，這當然有點像，不知道該怎麼說，打油詩，詩的語感，或者詩變成新世代文學創作者也許最想要從事的文類，這可能也是一個值得注意的現象，但我對這個狀況不熟，沒辦法多說什麼。

莊瑞琳　　以我知道的，以文學銷售市場來看，其實也有些人認為，不應該等同於詩的復興。可能是因為適合社群媒體，更容易在社群媒體當中切合某些人的生活感覺，那這樣可以被理解的事，它就會被大量傳播，可是那不能代表詩本身的能量有擴充。

童偉格　　當然這是另外一個議題，我們現在沒有能力處理。傳播媒介的改變，我們有沒有可能用一個更好的方式描述它，說明純文學的意涵到底做了什麼變化。說不定這是你那個新世界的人，應該要面對的。

〔萬里橋頭站下車。換車轉往山上的崁腳國小。莊：下山再用走的。童：我在想等下是不是該回家一趟？〕

〈第六幕〉
新世界的方法

〔崁腳國小，雀榕樹下。旁邊是練習田徑的師生。莊：你以前都爬這棵樹。總務主任拿了校慶五十週年的邀請函過來。莊：這裡的跑道太短了，不是標準跑道。童：大小沒變過。以前籃球場那邊是沙地，一挖就有水噴出來。童：怎麼感覺山也變矮了。碩：是因為你長高了。莊：搞不好是真的。東北角是隱沒帶，總有一天會全部沉到海底。童：要多久？〕

莊瑞琳　你要講一下二〇一三年去愛荷華國際寫作班的體驗嗎？

童偉格　我最直接的感覺是，在我去的那個時候，整件事意義上面有重組過了，所以更多時候它是接受美國官方資助，一定程度負有文化外交的義務，因此它的擇取或關注的重點，已經不是韓國、日本、臺灣等東亞地區。作家去有幾個辦法，第一個是國務院直接邀請，這些作家其實都集中在中東地區，在我參加的時間點。東亞地區，跟愛荷華有長久合作的作者，他們其實經過自己國家文化單位的推薦。正因為這個來源層次的不同，在那個地方，它就會變成一個比較多元的狀態。在這個多元狀態下，最重大的意義已經不是文學交流了，其實是三個月共同生活在那裡的時候，在文學以外的交流，因為文學交流其實很難發生。

莊瑞琳　那不是很像以前的萬國博覽會嗎？

童偉格　對，有點像那樣，就是一個非常奢侈的集合，一國一代表，把作家通

崁腳國小

通都放置在愛荷華旅館。一條長廊上面，每一個門後面就住著一個國家的代表，非常密集的聯合國。三個月都在那裡生活。我們完全明白我們不是他們關注的對象，但是在這個情況下，其實反向有比較多的自由時間，更多的時候其實是去那裡的生活體驗。平心而論，在當時接觸到的，仍然在的包括聶華苓老師，這些華人社群也許對文學的理解真的就到白先勇而已。有一個時間被封凍下來的感覺，好像回到一九六○年代，再之後他們其實是一無所知，但對他們而言也不重要，有點像看到一個你也不太認得的朋友，因為都是臺灣來的，他們就會很高興地接待。但準確來講，超乎這個程度以外的交流，我個人認為是沒有的，好像也不需要，是這個感覺。這個計畫本來做為一個烏托邦式的存在，本身也正在弱化了。

莊瑞琳　其實那可能是一種相對比較老舊的世界文學的想像方法了，現在那麼多流通的東西，其實不需要再動員一種帝國的集合的感覺。

童偉格　對，而且這也不是他們關注的重點了。反而文化外交的作用是非常明確的。用以做對比，我回來之後，隔兩年又去了韓國首爾國際作家節，像是一個縮小版的愛荷華，但他們目標就非常明確。

莊瑞琳　什麼目標？

童偉格　將韓國創作者接上世界平臺。所以我後來才明白，這整個動員本來就應該是國家資本在做的事，包括韓國人帶我們去參觀作家作品的英譯計畫，那是在文化部門底下的一個翻譯所在做的，類似我們的文化部裡面有一個直屬單位，是做韓國作家作品的英譯，非常完備，包括那個翻譯所裡面收集的，亞洲各國作家的韓國譯本，可以公開檢索。

莊瑞琳　這也是韓國做為一個新世界的方法。

童偉格　對，我終於明白為什麼韓國作家帶去愛荷華的東西這麼完備，包括英譯，其實是一整本選集。我們去的時候，文化部完全幫不上忙，我們就自己找人翻譯，我是因為有一個翻譯獎項，裡面有翻譯我的作品，不然我真的拿不出英譯作品，都是這樣單篇單篇的。面臨一個窘境是，在二〇一三年那時候，我只能談《王考》裡面的一個單篇，可是那是我二十多歲寫的。

莊瑞琳　你沒辦法談你最近的作品。

童偉格　　對，就沒有那個語言，就沒有那個準備。

莊瑞琳　　所以那個對話就簡直像不存在一樣。

童偉格　　像不存在，對。你比較結果，就知道國家對這件事的想像，事實上有
　　　　　非常截然不同的對比，或者是臺灣對它的作者如何在國際平臺上被理
　　　　　解，這件事官方是沒有任何準備的。

莊瑞琳　　我碰到的另外一個，也很積極展現自己的就是波蘭，因為我做過一兩
　　　　　本波蘭的書，它們是支持買波蘭版權的國外出版社，補助翻譯。

童偉格　　以韓國為例，整個是產學結合，我不知道波蘭情況怎樣，但像韓國那
　　　　　個翻譯所，整個國際作家節的執行，是跟梨花女子大學念翻譯的人，
　　　　　直接結合在一起。

莊瑞琳　　我覺得，當然如果以寫作者的立場來看……我想你應該不會把這件事
　　　　　情列為很重要的東西，但如果就你剛剛說的那個層面，我也覺得是重
　　　　　要的。

童偉格　　當然如果我們議題是面向新世界的話，我覺得臺灣文學場域的弱化，不
　　　　　能僅止於對這些從事者的檢討，或者內部檢討，它其實有一個外援因
　　　　　素，是國家對自己文學想像的貧乏。為什麼要強調這件事，是因為真的
　　　　　非常多的事，只有動用到國家資本才能夠做得到，但我們沒有辦法。

〔下課音樂聲響。學生：謝謝老師。老師：好，時間差不多囉。莊：毛毛蟲爬過來

了。童：牠鑽進去了（錄音筆）。翔：牠們會掉下來？童：收到文化部來信，愛荷華認為我們作者繳交的英譯參差不齊，他們記得我有繳過一篇比較好的，問是誰譯的。我去年回答過一模一樣的問題。我就把舊信找出來，剪下來，貼上去。莊：我們還在零。童：我覺得我明年還是會收到一樣的信。〕

莊瑞琳　因為你是字母會的一員，還是想問，字母會這六年。我自己覺得，一開始認識你們，好像是一種，這個環境裡面自力救濟的行為。我想說你可能可以說一下，參與的六年來，經歷了字母會的寫作跟出版，這件事情對你的幾個面向的影響。

童偉格　我覺得很好玩的事情，像你所說的，它本來就是一個自力救濟，是因為當時覺得做點什麼總比什麼都沒做，悶不吭聲好。字母會的想像有一點怪異，所以楊凱麟的設計在我看來，本來就是一個非常寬鬆的設計，不是對這個場域現存非常久的，包括結構性問題，做一次有效的回應。比較像是一個外加，外掛，他自己覺得有興趣的，很顯然不會是大多數人的關注所在。自力救濟就在這個非常令人納悶的情況下就起跑了。但我自己喜歡這部分，包括我喜歡字母會的種種設計，其實是因為，我也不知道，它有它不務實的部分（笑），它有非常怪異的部分。

莊瑞琳　不務實是指哲學嗎？

童偉格　哲學當然也是，還有這整件事情對於它所要對應的文化場域的想像。你會發現它……有點像小孩子一樣天真……

莊瑞琳　好像從根本上就會被質疑無效的事情。那如果沒有字母會，跟有字母會，我想你還是會寫出《田園》吧？

童偉格　會，我差別不大，但《田園》進度會快一點。但對我而言的差別是不大的，反正就是想，就是寫。當然抽象上面對我而言是有收穫的，它是思考上面的楊凱麟化，這是非常明確的，包括去想像理想小說的樣子，我猜想我都有得到一些幫助，有進步。那字母會現在看起來，它完成的，或者還沒完成，但它將要完成的也就是一種被抗拒、被拒絕的一個文學實驗。裡面原因有很多，包括現在字母會到第二季，我的確也感覺到一種疲態，包括作者自己內部。第二個是，我們會發現，接受字母會最熱情的那一群青年讀者，其實對楊凱麟在講什麼，並不真的有興趣。還是用非常想當然爾的方式，在理解所有作者的小說，用他們已經對這些作者有的，不盡然正確的系譜式的理解去談，所以有一種虛化的現象。這應該是一個思想上面的要求翻新，以小說實驗做為前導，但現在看起來結果是，人們對最想要造成誘惑的主體，其實是沒有興趣的。

莊瑞琳　我覺得很多時代精神的啟動，不一定來自完美的東西。它反而應該要去印證，這個時代的人真的有同樣大的熱情跟好奇，去理解自己為何存在這個狀態，而且用同樣大的創造力去面對。我覺得這部分的衰弱反應在非虛構的出版上面是一樣的，我覺得臺灣可能進入一種，很奇怪的表面議題式的熱情，有一些東西很好放置，但有些東西當屬於它的時刻還沒來時，就不知道是什麼。所以我覺得其實文化的出現，可能也是偶然的，但是在偶然還沒有來之前，就像你說的，你可能覺得你也必須做點什麼，對出版來講，我們也必須做點什麼，要用龐大的失敗去換得一個東西。

童偉格　對啦，但它如果可以激起一個，或者我們修正做法，把它帶向一個也許更為理想的批評方式或理解方式，這應該還是下一步可以做的。的確

像你所說，這裡面作品有非常多的缺點，但可不可能這個提案依然還可以觸發，即便是對這些作品自身的批評也好，但它應該要能夠啟動一個新的批評方法。這有點像是整個封包，我們本來打算要造成的事。

莊瑞琳　所以七月一日那個「當代書寫與評論芻議」，邀請了十個小說家與十個評論者，感覺上很像是凱麟想要這麼做。提出評述上的視角。

童偉格　對，這樣的一個可能性。或者其實就是正面的碰撞。

莊瑞琳　那你有準備好要講什麼嗎？

童偉格　　他開了幾個議題，大致上兩件事，一個是時間上的未來，然後空間上的外邊，或者是邊界，這些激進想像的。我想我大概就把它倒回來談，一切未完成的，在臺灣現有的文學場域的整個尺度裡面，也許用另外一個方式來檢視，有些什麼可能是像字母會之夢，但它一個個漂浮在時間的範疇裡。臺灣文學的一個具體事實就是，所以這些夢都被廢除，它沒有一個真的展開，或者每一個最後將夢縫補起來的人都在猜想，泡在時間的福馬林裡面，也許可以在未來的某一個瞬間對未來開放，但其實它沒有發生過。

〔莊：要不要大聲一點，我怕錄不到。童：錄不到就是天意。〕

莊瑞琳　　但你所謂倒過來講是什麼意思？

童偉格　　它本來就是一個不太能理解的概念，對未來的想像，當然還是得要回到過去的廢渣裡面去找。

莊瑞琳　　但是那一些福馬林感覺是一個事實，就是我們還是始終在描述過去那些廢棄的夢想，就像這些可能曾經存在過又廢棄掉的房子，曾經有人在這裡勞動過，生存過，又離開了，但是我們也只能描述這些沒有人的地方。

童偉格　　然後企圖從這裡開始重建，因為那是地基，你其實要想像的是，那邁向這一切的未來到底是什麼，但你沒有辦法空泛地描述一個未來。所有這一些未完成未開展的，對此時此刻的我們而言，是否真的還具有意義，如果有意義的話，那是什麼？如果沒有意義的話，當我們否決它的時候，我們在否決當中重建的那個未來是什麼。大概是這樣，但

我還沒有想得很清楚，之後會把它建構清楚。我唯一要迴避的是，用一種相對沒有具體細節的事情，在辯證所謂文學的激進立場。

莊瑞琳　我知道，那會非常像左膠青年講的話。就是概念式的激進。

童偉格　對，就是避免這件事的發生。概念式激進。要想的是，它實踐上是什麼，或者它有沒有實踐的可能……

莊瑞琳　你覺得在目前島嶼精神史還沒有研發成功的情況下，其實也很難回答足夠這個問題對不對？

童偉格　對，所以只能夠就自己的理解，或者是自己有把握能夠這樣講的事情去回答，所以這整個其實也是一個夢。

莊瑞琳　好，最後一個問題。你在最近的訪談中講，想要寫自己做為讀者更喜歡讀的小說。

童偉格　我記得你的問法是說，它是不是一個新的對話對象？

莊瑞琳　對啊，還是它其實是一個早就知道的目標。

童偉格　它是一個漫長，存在心中，但現在覺得應該是一個可以實踐的目標了。因為本來所有這一切事情，包括對話的對象，它給定了一個迴路，這當然是我自己的認知，在這個對話當中，你必須要能夠臨摹並且拆解它的美學，就是在技術上面。但我現在覺得這件事情已經不是問題了，或是對一個較抒情詩式的小說想像，所有那些凍結的格窗，凝固的時

光，這些事情應該怎麼在技術上予以實踐，怎麼樣一併在這個技術實踐當中，去說明這個作者所認知的倫理學是什麼，還是史坦納那句老話，這個作者對技藝的想像當中，或者實踐當中，明白他對倫理學的關注是什麼，這兩者是不可分割的，特別是對臺灣曾經存在過的現代主義世代的人。我覺得自己到《西北雨》，其實已經拆解得差不多了，《童話故事》是哲學上的，或者就小說起源上的，已經把拆解工作都做好了，對我而言啦，更面向那個對話者。因為這樣的情況下，現在自然會有這個想法，就是現在好像可以這樣做，而且也是時候這樣做了，回到自己喜歡寫的小說，更繁複的那種小說方式，以此去回到我們剛剛前面路上說的，真的找到對這個小說而言更好的對話性。

莊瑞琳　那你覺得新田園的完成就會是這個東西？

童偉格　我猜想是啊，它應該會非常歡樂，對吧？因為它可能不會有那麼多凍結時刻了，對吧，我猜的，我也不知道，自己評估都是不準的。（笑）但我希望它是這樣啦，比較嘉年華，細節上比較歡樂。是吧，不懷好意地笑⋯⋯

莊瑞琳　只有看到那一點點，不知道。（笑）

童偉格　可能不是，但我希望它是，慢慢調，讓那個比較繁複的小說，真的可以實踐出來。

〔傍晚五時許，出校門。童：走這裡比較快。眾人經過一間整修中的廟，從廟前走石階穿過竹林，直接到下面的馬路。排成縱隊走路。童：這樣好像在放學。瑪鍊溪的石頭躺在沿途拐彎的水中。天色漸暗，廢棄的礦坑與機具仍可見，跨越的橋不知接到何處。莊沒有問。童：我家快到了。〕

我能見證：神父確實一無所懼。我亦能見證：是在之後，主賜平安，並賜與神父一道親歷難題。彼時，當船漂過暴風，停靠一港灣，我們都以為是隔世了。我們下船立腳，看風景橫倒。草澤間，一群人攜弓奔出，環抱我們，摸神父衣袍，說著難解的話。他們出示念珠，畫十字架祝聖。我們這才意會：我們已漂流到美麗島北，二十年前，我們教會離棄的教區。數年前，當神父抵馬尼拉，不斷要總督出兵收復的戰略灘頭堡。所以他們說的，是我們的語言了，一種總督怠慢經月，才覆文給死者的語言。一種受過洗的他們，在多年隔閡裡，勉力記起的聖潔話語。他們帶我們去村莊，看多年虛席以待的教堂，看各家懸掛的聖徒像。他們且唱詩歌，念經文，嘗試告訴神父，無論他是誰，他們一直，在等待與一位這樣的他重逢。如今終得重逢，分外歡欣。無論他是誰。神父聽著，不知所對，兩眼靜靜垂淚。神父淚流竟日，像是明早醒來，還要繼續哭泣，像是將要哭過所有他忍抑過悲傷的時光。像那是他僅剩的，惟一屬神語言。因為這樣，我深願這位胸懷無可投遞的之信息，並因之徹底心碎的使徒，我的宿主，從此長眠，不再醒來。因為這樣，我預感自己此段旅途已然告終。我預感在這終局，我將徹夜無眠。我明白所有這些草澤倖存者，累世以來，我們已殺死過他們隔絕先祖的後裔無數回，那也許，真確是在兩世紀前，也許究竟某種輕巧的指尖接觸，甚至輕巧過皮薩羅。彼時，當我們下船，一碰觸，我們及身的病毒即朝他們渙散，將他們綿延萬年的世界，瞬間風化。因為這樣，在信使回報，追兵到來，此地終成鬼城前，以最後一點人性，我想正式向神父告解：我錯了，彼時離鄉，我不該那般雀躍。我應當謙卑，慶幸是我離鄉，慶幸不是任一人，前來我家鄉，指證生而為人，我們的歸宿。

——〈字母 Q 任意一個〉，童偉格

金山水尾

員潭溪觀景橋

萬里下寮

核二廠抽水站
頂寮社區
・核二廠出水口
・台電北館公車站牌

萬里區公所
萬里橋頭

崁腳國小

童偉格作品繫年

一段滿布創痕的「無傷時代」：遲滯或可寬容進步，回望兩種文學傳統

◉林運鴻

東華大學中國文學系博士，現為臺灣大學臺灣文學研究所博士後研究員。研究興趣為戰後臺灣小説，日本漫畫、階級意識、文化民族主義，以及文學研究的知識論。學術發表見於《思與言》、《臺大文史哲學報》、《臺灣文學研究學報》、《中外文學》、《文化研究》等。

I am going to look at the stars. They are so far away, and their light takes so long to reach us......All we ever see of stars are their old photographs.

——Alan Moore, *Watchmen*

難以否認，文學批評是一種粗暴、不知謙遜的工作。

由於知識分子讀者對於閱讀常懷有儀式性的虔敬，並總是執著於如何詮釋才能更加深刻，在很多時候，文學作品就被嚴肅的理論方法視為「上層建築」，必須尋求根植於歷史社會或者集體處境的解讀。然而，對於那些放棄隱喻、以靜謐見長的作者，比如接下來我們將要討論的童偉格，上述那種側重知性的做法，就似乎有些買櫝還珠的危險。此類閱讀方法似乎允許讀者越過詩意，直接抵達被書寫所指涉、所穿透的「真實世界」。

把一冊充滿個性的小說文本放入關於結構與類型的文學史中，難免強作解人，但是否真的毫無可取？學究式的讀法當然有迂腐的一面，讓卓異變得平庸，或是使偏離收束於常軌，就好像這十多年來，早熟的童偉格常常被歸類於所謂「新鄉土文學」之列。只是，如果「指認」乃權宜之計，那麼，閱讀像《無傷時代》這樣，很難僅僅從題材或故事加以釐清的作品（這也是為何童偉格落入「鄉土文學」這一不合身詮釋框架的緣故），就不妨參照具有指標意義的前行經典，並追問其與整部文學史之間可能有的總體聯繫。儘管，從美學上來說，在不少時候，童偉格甚至要比文學史上許多使讀者蹙眉的響亮名字更加「難讀」，但也多虧如此，急於

衰老的世界竟能被懸宕，《無傷時代》提供了一條由外部現實溯源內在感知的反向路徑。

出於比較與對照的需求，感傷且敦厚的《無傷時代》（2005），其可能的另一極端也許是那本拒絕和解的《家變》（1973）。如果《無傷時代》試著提出一種近似「尋根竟如此艱難」的倫理學，那麼，逼迫讀者凝視斷裂的《家變》，便會是被寫實主義所刻意遺忘的文學史鏡像。鄉土與現代，這兩個看似傾軋的文學傳統，有其殊途同歸之處。它們都發端於現代性體制對於「地方」或「傳統」的重新審視，只是，面對時代進步這一無可抵禦的驅力，文學作者總可以因時制宜，偏好沉靜或者亢進兩種不同處方。

再從文類變遷的角度來說，《無傷時代》與《家變》各自在稍後的時間點，對於曾占據主導位置、但多少是強弩之末的文學敘事類型，提供了高度反思後的暫時總結。儘管童偉格本人未必同意，但他的技藝確實示範了一種，在充滿批判的鄉土文學運動降溫熄火之後，重新歸返田野與民俗的辦法。而《家變》的文學史意義同樣發人深省，在其發表的年代，曾經蔚為文壇風潮的現代主義，很快便要面臨鄉土文學運動義憤填膺的挑戰。對此，王文興乾脆字字鏗鏘說出，「拒絕美日帝國主義我們靠甚麼過活」這樣決絕的證詞——這意味著《家變》不只是繼承西方前衛美學對於意識底層的診療性探索，其目標更在於，曝光臺灣社會在戰後二次現代化過程中動盪不已的潛在集體心靈。於是，《家變》索引的是親子關係背後更深沉的文化質變，臺灣人進入「現代」的欲望正在侵蝕那生根於宗族與家庭的生活傳統。

不過，更有意思的會是，這兩部小說中，那看似對立，同時又遙遙桴鼓相應的書寫位置——《無傷時代》裡，母親救贖了遠去的遊子，但《家變》中的父親，卻是逆子不堪負荷的精神重擔；《無傷時代》是老態龍鍾的山村畫卷，而《家變》關注都會知識分子的內在啟蒙；當《無傷時代》細心刻劃被發展主義忘卻的地方與局部，《家變》真正想說的還是不可逆之社會變遷與世代更迭……

在我看來，相隔近三十年的兩部傑作之間，最值得深思的差別，應該是各自

對於「記憶」跟「過去」的對立態度。做為臺灣現代主義文學的里程碑,《家變》的主角范曄,簡直睚眥必報。故事起始於父親悄然離家的那天傍晚,然後隨著范曄四處尋找父親,從懂事以來主角關於家庭的記憶,依次在故事中展開。上一代那些忌妒、迷信、自私、排外,每一道兒時傷痕、每一筆關於教養的衝突,都歷歷如新。既然胸懷進步的中產階級對歷史如此明察秋毫,屬於他們的嶄新時代便不可能與傳統有著哪怕僅是念舊程度的和談。

《無傷時代》則大大不然,無論是主人公「江」或是他的母親,兩人的回憶都充滿無數歧路。儘管回憶的殘跡被摺收在真實與虛構之間,母子兩人卻對山村小鎮的往昔面貌,保留著幾近認知退化般的執念。這故事憂慮的無非是,世界在通向羅馬的大路上,彷彿災難的滄海桑田事象。人們正在慢慢蛻變為過去無從設想的模樣。

在《無傷時代》故事開始處,母親遲疑著,該如何向兒子啟齒自己耳後迸出的兩顆腫瘤。而故事接近結束時,江在候診室等待,看著指示燈號上的「手術中」,突然明白數年來頹廢不振的自己,以及整個家族的消沉,早已獲得母親原宥。小說重心並不在於現此時中幾乎不曾推進的寥寥可數事件,整部故事都是主角江對於迷離、費解的各種生命片段之回顧。包括來不及記憶便在幼時亡故的父親、車禍後迷失在後山小徑的老土狗「黑嘴」、每度過新的一日都更加恍惚混沌的祖母⋯⋯當江從大城退卻回故鄉,數年之間他困坐斗室,滿屋子廢紙,埋頭創作一個名為「蜘蛛婆」的(有點不知道是純文學還是怪談類型的)故事。這個故事裡的故事,時序顛倒錯亂,那位被「蜘蛛婆」養大的青年,他努力從極遠方歸來,努力出人頭地,好讓辛苦一輩子的母親能夠過上富足幸福的日子。但結局相當驚悚,山村裡的兒時玩伴,驚訝發現這個歸來的年輕人,居然「是一個我從未見過的陌生人」。

說來有些陰森的「蜘蛛婆」故事,其實講的是被筆直向前的資本經濟動能所驅策,但同時卻深感不安的,變形後的念舊傷懷。也是主人公江在察覺到時間無情、故鄉終將被時代遺忘之際,不無絕望的懺情書寫。不知能否這樣說,礦工之

子以及所有那些蝸居山村、無能抵擋衰敗的住民，最終都被由發展主導的進步歷史觀以及那具有目的論獨裁的現代性時間所遣返：《無傷時代》並不期望未來，面對現實與此刻，只能自甘遲滯，並退回到記憶裡整理漫長潰敗的因由。

顯然，《無傷時代》是一部關於「如何安置時間」的小說。當回憶與礦鎮一同經歷興亡，曾經飽滿的往昔歲月也就被域外龐然巨物給無情踐踏。江的外公最早遭逢這一困境，因為兩次殖民時代的徵兵與田賦，外公不再寄情繪畫，但臨終前還惦念著那幅再也找不回來的、構圖已成竹在胸的畫布。不只外公在遺憾中反覆泅泳，母親亦如同騙徒那樣，對兒子訴說色彩繽紛的童年往事。許多「講古」毫不羞報地前後矛盾，這無關詐欺，她大概渴望透過一再講述來抓住那即將被世界所遺忘的家系。而江關於中學時代的記憶亦然，江好幾次都弄不清今夕何夕，他甚至把離家求學後一再感受到的莫名沮喪，誣指為球場上室友的憤怒情感，但最後發現，自己只不過是在對母親幻影「傾訴」，母親依舊留在遠處的故鄉。有如詛咒一般，家族三代徒然掙扎，企望能賴此阻延「變遷」這條不可能第二次涉足的湍急河流。

《無傷時代》對於各式啟迪並無太多信任，研究所畢業的江，反而是位最愚鈍的懦夫。儘管寡言而自我封閉，但江一直非常內疚，「他和他向來熟悉的母親，從何時開始，成了永遠不能互解的兩個人。」但事實不是這樣，與鄉土文學中小人物面對體制的無力截然不同，母親對於嚴苛的外部世界瞭然於心，知道的還比兒子多上許多：江藏在心底的祕密憂鬱、江的舅舅因創業失敗酗酒漂泊的苦衷、小學同學游萬忠那臺必須離鄉背井也必須漫天擡價的日用雜貨小發財車。她甚至還能同情於，面試時一身戾氣的剎車皮工廠經理。母親知道經理與自己無比熟悉的礦鎮鄉親並無本質上不同，他們同樣在發展與成長的洪流中咬牙力爭上游：「機會只有十分之一二──你成功了，但，那一定十分之艱辛吧。」無論結局勝敗，母親比誰都理解那些被淘洗、沖刷之後，挫折疲倦的男人。

事實上，縈繞於《無傷時代》中那種霾害一般之厚重氣氛，恐怕是戰後臺灣經濟史中不復被記憶的陰影。從山村前仆後繼出逃的遊子，無法不對故鄉頻頻回

望——但那並非念舊,每次歸家都是逃遁。在急促、緊張使凡人無法喘息的「現代社會」裡,礦區村落有一整個世代憑空消失。小說中有一倒敘的場景,「從一排樓屋散出的人影,除了江的母親外,其餘的,不是老人,就是小孩。那彷彿時間被攔腰取走了一塊。」對母親這位固守家園的倖存者來說,杳無蹤跡的鄉親是誰?是夭折於工殤的丈夫(也是一九八四年導致臺灣煤業沒落的大礦災)、是每逢年節開著破車帶上兩外甥從遠地返歸但真意在於跟自己打抽豐的弟弟(也是奇蹟年代無數離鄉背井相信黑手終將變為頭家最後又期望落空的遷移者)、是倉皇跑路並拿滯銷產品代替員工遣費的塑料廠老闆(也是一九九〇年代後臺灣加工產業的集體衰亡)……無名無面孔的勞動者與中小企業主,不可能知道,正是他們獻祭血肉,餵飽了小島上永不饜足的市場巨靈。

在江字斟句酌、落筆又塗銷的「蜘蛛婆」故事裡,蜘蛛婆那孱弱子息所就讀的山村小學,從六十人變成四十人,再變成二十人,最終廢校處置——《無傷時代》裡被稱為「大城」的所在,把地方的生氣以及庶民向上流動的願望,一滴一點吸盡。

故事裡,讓江終於下定決心離城返家的契機,是他在巷子底撿到的一隻盲貓。這裡大概是一段首肯邊緣人與偏離者的寓言。幼貓正如山村海濱的草民(包括小說裡帶有不同障礙的游萬忠父親、空屋老人、鬼伯),殘缺卻自足地活著,無論是否伴隨瞎眼、癡呆或癲狂。但問題在於,理性的工業文明是不是應該積極治癒愚癡苦難?好讓他們睜開能夠穿透無垠時間的眼睛?就像江的舅舅,被美好的大城市所激勵,驚覺「只有兩件事,人類可以自由」,便義無反顧穿上西裝,離去山村。但結局是,幼貓的眼睛治癒後,「注射過多藥液,以致臟器僵硬,躺在這樣一口木箱裡」,在冰冷潔白的獸醫院角落不再有任何呼吸。

從江的角度看來,繁華的「大城」是一個「沒有人喊痛的地方」。現代文明太好勝、太世故了,居然不肯承認,人類有深淵、有裂口,內裡時不時淌血這件無比重要的事情。幼貓死後,江鄭重把骨灰封入瓷瓶,決定不再安撫出生以來從蕭索故鄉繼承的時代性憂傷。因為,人不必沒有缺陷而活。

《無傷時代》並不是那種操弄敘事、經營意象、技巧圓熟，滿身理論與概念裝備並攜帶有昂揚「主義」的文學。事實上，過去的鄉土文學很少像童偉格這樣，謎面比傷痛更加脆弱瑰麗。原因說來毫不出奇，因為當你出身於彼，從任何角度往故土窺看，都只能感到眩目。《無傷時代》對於在地之人的信任，超乎政治，文學毫無必要代替普羅大眾說話。

　　手塚治虫的鉅著《火鳥》裡頭，有一個關於輪迴的故事。從小被城主父親當成男性繼承人養大的年輕公主「左近介」，為了阻止八百比丘尼治好重病的父親，在雷雨夜前往蓬萊寺，想要殺死這位據說能救治鬼神的名醫。左近介不知道，蓬萊寺是時間的囚籠，當她殺死比丘尼的那一刻，她便會困在這間凡人無法抽身的寺廟之內整整三十年，直到下一位滿懷憤恨，同樣想獲得自由的「另一位」左近介，來刺殺老去的自己。《無傷時代》的兩個結局亦然，整個山村陷入了一種封閉的循環。在魔幻寫實的「蜘蛛婆」世界，好容易被蜘蛛婆拉拔長大的兒子終於明白，「你睡著，換別人醒來，如果你不睡覺，那別人就在自己的夢裡醒不過來」；而江所存活的那個真實世界呢？在小說「蜘蛛婆」寫完後，江在手術室外等候，做夢一般進入了母親的童年。只有在人生的起點之前，江才能坦然去要求當時還是天真小女孩的母親，可否「預先」原諒那個數十年後一直無法從衰敗山村之夢中醒來的不肖兒子。母親的腫瘤是三十年女工生涯吸入過多粉塵所致，江唯一能夠鼓起勇氣去見證母親割除這段歲月重荷的方式，就是把慢慢逝去的族人與鄰里，甚至是眼前遭遇病痛的至親，提前保存在還未曾發生的回憶中。

　　這種彷彿永劫回歸的時間，衡諸過往的本土文學實驗，並非全然陌生。在李永平《吉陵春秋》中，鄉土文學運動前後的另一顆豐美現代主義果實，便有過相似的布局。卷首描寫了觀音巷中長笙受暴的悲劇，隱約要在結尾處出場的天真少女小燕子身上輪迴出現。這裡採用的無盡循環表現手法並不是偶然，因為《吉陵春秋》與《無傷時代》還有一個重要的相似之處：他們都是在傳統斷裂的邊緣，拾掇鄉野生活碎片，以透視在方寸之間用以弔念故土的「幻象」。

　　如果允許文學批評加諸於對象文本的改編與不敬，那麼，這類從典範變異、

搖擺在鄉土（主旨與題材）與現代（表現技巧）兩極的作品，可不可以說是文學史內部的一次又一次「家變」？這一比喻的合法性在於，一旦前衛美學終於憶起「天使背向進步」這一班雅明式的形上學召喚，文學就得負擔起記憶、重述、考古的責任，換句話說，直面廢墟、凝視逝者。我們不能忽略，戰後臺灣文學史裡，那些最具顛覆信念的現代主義作者群像，包括七等生、郭松棻、李永平、舞鶴，甚至是前面被我們拿來做為意識形態鏡像的王文興，在他們因為追求美學純粹而蓄意濾除寬厚與善意的時候，他們的作品仍是在描寫各種各樣失敗的現代生活，或者不得不在社會劇變時刻失蹤與迷途的人。就這點來說，與所謂「鄉土寫實」其實存在有微妙緊張的《無傷時代》，並非完全拒絕本土文學史中，同樣與庶民關懷複雜纏繞的另一股激進傳統。

《無傷時代》有許多關於日常的描寫，諸如女工用漿糊膠住手掌上難以去除的化學染料、樓屋住民出殯扶柩時高喊借光才能踏過鄰家先人墳塚、後山農民封住米缸以悶熟未脫青澀的芭蕉……諸如此類。儘管小說鋪陳這些極度地方性的經驗，但是仔細觀察，這些描寫卻又微妙地與社群或者共同體失之交臂。那是因為，這些生活插曲真實且細瑣，只關係到極小一群人，甚至只存在家族記憶的吉光片羽裡。如果文學史家想從「共同體連續性」、「原鄉當代化石」的角度，在這一作品中修訂民族主義或文化政治之地質學——那顯然會錯過充滿傷病缺憾的「無傷時代」，所留下的一道淺淺斷層。

故鄉是為異域，寬厚是為遺忘，不必侈言田園之愛或者人道關懷，只要人子情願在此老朽，願意以肉身走過泥濘苦難。《無傷時代》用現代主義的筆力，寫鄉土文學的一隅。而這個聚積霧氣雨雲的礦鎮角落，地貌崎嶇，不成板塊，只是恰好有一些牢牢持守記憶的人類棲居其上。面對生命，矯情的文學批評不可能說得比藝術本身更多，「那一切就真的只是時間的問題：在他們短促而潦倒的一生中，他們學不會，該如何在一個蒼老而滿布亡靈的世界裡，安然地活著」，《無傷時代》如是說。

路或歷史的盡頭：讀童偉格小說的地平線

◉ 賀淑芳

一九七〇年生，馬來西亞人。著有短篇小說集《湖面如鏡》、《迷宮毯子》。獲得臺灣國藝會馬華長篇創作補助。

　　小說攸關時間。如《西北雨》。記憶如何可能盛裝未來？未來一直逝去，未來如同過去。仍有什麼不可見、不可說而留予緘默的，譬如宿命，譬如有什麼發生在路的盡頭；事件發生得就像透過小說在說，這般世間的常態。

　　把所摺疊的漸次打開，《西北雨》是這樣一本書：小說的話語從故事釋至時間的縫隙，也改變了小說那可被預想的框架。是小說話語使得物事浮漾斂光。句句讀來，就如挪威詩人布爾（Olaf Bull）所寫的，精緻的敏感的孤獨心靈。是那已經發生的與未曾發生的，這疊展的時間，才環走成小說獨一無二的語言與境遇。

　　在導讀袁哲生《秀才的手錶》時，童偉格曾說過，對他來說，抽象的東西是重要的，是「一種現實參數，對人間情感的猜測或定見」。也因此，小說裡的細節，非僅白描，不若袁哲生那般不涉主觀的書寫，卻讓人想起事物是怎麼被感覺的。其譬喻經常相互地，疊連地，形成極有辯證力的結構。縱使小說也寫平常事物，彷彿日常，那觀點卻打從日常隱蔽的背面反摺過來。物事、動作、交談，彷彿平平常常，卻又異樣如夢境。正是這非現實的異質感，像沿著時間異軌，經過各種正在退去消失的景象，涉過日常裡載浮載沉的種種知覺：譬如時間，譬如生活本身如何逝消若夢；又譬如光線之低抑，物事之壞朽，乃至到人際之間的相依，以及那等在終點一如初始降生時的孤獨。日常話語其實有份朦朦朧朧的，模糊與悠閒，掩蔽著個體或曾瞬間意識過的孤絕感受。為了保持整體運行的昂奮與務實，必須將之闔起，就像航海者盡量擱下腦海中的世界邊淵一樣。可是當藝術邈然對此凝視，反倒能予人真正的平寧與平衡。

文學與邊緣深淵共存，這是怎樣的事件呢？並不是如同《百年孤寂》那麼斑爛的家族史，而是孤寂個體的生存史；這讓人感覺時間是如此奇怪的，未來、過去與當下。所謂家族，實是孤獨卑微的個人，棲世求存者。棲居某處，或跋涉行路的時空地表，雖然或可指出對應的現實所在，萬里區的採礦山村，抑或，馬祖北竿島的岬角孤村，然而文學的表達遠遠超出了紀實的地方書寫。小說文字本身的威力，真正是創作賦予蛻變的閱讀體驗，字句不是指物描物，而是從寫出的領會到未言的，就像從物事看見時間。從島嶼到渡海的窄仄艙房；或者，如字母系列〈E事件〉的小說裡，那沒有飛蟲，連海風都罕入的碎石路，無論是地方，或空間，經過小說的文學語言織譯，宛若一份邊緣的畫像。生命境遇的邊緣，並非僅指那為特定政治或歷史議題範疇所劃下排除的邊緣位置，而是更為幽微的，存於個體在人群與人際經驗中，遭遇的剩餘，是更為熟悉而漠視了的日常。畸零邊緣的人物，並不多麼戲劇性地異於他人。小說選擇從內在切入，卻真正具有朝向外邊世界打開，把人再度放回這個世間的尊重意義。是這樣的語言，使得每個斷片都豐盈。閱讀時，雖然不禁動用了因果習性來縫合串連，然而小說內部的時間，又消解掉那形塑「日常現實」的因果思維。小說虛構過去，縫綴細節成一座山村，這時空打從內在誕生，卻又從外邊裹住了不存於世的某個人，小說鋪寫其日常，事件與預言之間凹摺翻轉，再度道出：孤獨宿命裡頭沒有真理。這份在孤獨境遇中的，無意義的意義，我常覺得這就是文學要去的遠方。如童偉格小說中的譬喻，這遠方如家，近在咫尺地跟我們遠遙。

　　讀著《西北雨》，分外感到生如夢幻。我以為，人最難面對的，是那猶如時間無始無終的空漠感受。這意識浮現時，以為實質的，就忽然透明起來。住在寂死如靜河般的鎮上，偶而也會感覺如此。開車上路，荒郊延無止盡，好像所有退逝的事物最後總會縫合成那一道地平線。人不能生存其間的荒野，大於群居酣聚的城鎮。社會話語賦予我們手作的努力以意義，可也會偶然恍見，那可能使得有與無盡皆消泯的空無之感；既又不能簡單否決為無，亦難能說那是什麼，如天色陡然垂懸。我讀《西北雨》，覺得沒有比小說，或長篇小說，更能置身於那場景了。

時間必然透過人來密織顯現意義，物件的經歷也透過人的眼睛在看。幾乎三四代，非情節的，踩著如浪起伏的遷移人事。有人來過，有人羞愧活過，有事物消失，可那告別就像是「永遠不再離開」。這氣息如雨季雲層，低低俯瞰，從比地平線更遠的遠方，流徙而至。我是以記憶中花蓮的太平洋空曠畫面來閱讀這部小說的（這並非指小說以那裡為背景）。如果一個人離開城市，離開那些夢幻般的商圈，那些由燈光、餐廳車站、屋宇街巷等歷史場景，便會再度面對外邊這大片無邊無際的地表。彷彿是為了抵消荒野的龐鉅孤獨，人類同聚成山村城鎮，亮燈如燃火。可是空曠還在我們之中。只要一離開城市就會看到外邊空漠漠的廣袤景象。

由是，文學幾乎也是，為了繼續活著，而必須創造持續下去的理由。如童偉格對奈波爾闡釋的觀點，這麼寫過；奈波爾留學倫敦時，他從殖民主國文學觀點的限制，對文學的特定方式與屬性展開探索。他從零開始，尋找寫作方向，獲得重生。所謂文學與地方屬性，意思是，文學有雙凝視周遭事物的眼睛，聲音也從聆聽而來。故此文學也該擁有屬於這處環境與其文化的特定寫作方式，而非從已被尊奉成典範的文學美學語言，將之照搬過來承載敘事，來做為延續的範式。童偉格繼而提出這問題：「那個特定用以描述特定文化的所謂特定方式，……是否可能真的各自一一存在呢？」

我很喜歡他這麼問。文學是否必然就有屬於某一處該有的屬性語言？奈波爾其實是，以質詢那凌駕於他的殖民主國文學觀點，探索出全然屬於他個人的寫作方向。一個人長時間十數年耗心於寫作，一路寫一路再問，到底最初從哪裡凝成這聲音來表達的？又如何可能跨越最初的美學影響，去尋覓創作主體本然該有的語言。當寫作難以為繼，就想再回到起點，歸零出發。因為，想像寫作該有「自己的」語言方式，為了能夠創造地表達，這就是當初開始創作，而非去做其他事務的緣因。創造意味著寫作持續地開發差異，同時珍視自身想法、觀物方式與他人之間的差距。尋思這些，也是因為覺得藝術創作無法迴避出身挾帶的語言、聲音、詞彙以及各種湧流身邊周遭，卻從未被表達過的細節。那些細節可能被認為不重要，因為不知要擺在哪個議題的區塊來「討論」。那具有地方屬性的語言可能

容易辨認，如地方語彙語音。但也可能表現得更加幽微隱藏，因為不想那麼明顯，等待有同感的讀者辨認出來。書寫的方式，文學語言的質地，也決定了寫出的是怎樣的小說。換了語言就不再是同樣的小說了。有時候，那也像在尋找一個方式，讓自身腹內的孩子顯形，使那仍然模糊的面容可以看見，或感受其存在。如果它的音調或模樣，符合預期的美學觀點，我們就辨認與接納它；否則，就無法認可它，或不知道該把它放在哪裡。但是對於身為從事創作者這樣的意識來說，這就變成無法迴避，是得對自己交代的事。不能讓這個孩子的特質，像個被嫌棄的異者那樣藏匿。

那麼，這屬性是什麼呢？可能是地方性的，也可能不限於地方性。但對於個體而言，這必然是富有情感力量，或繫於有待表達的初始意義。在娜妲莉·高柏（Natalie Goldberg）的《心靈寫作》（*Writing Down the Bones*），對此有極實際的例子，她說那些地方上的成長記憶中的話語，對創作者來說，可能也是使自己更加完整的藝術能量。它意味著一個人正視自身的全部特質，不再認為，與彼方的藝術美學成就相比之下，自身所具有的就是乏味的。那就像還有尚未被想起的語言，你只是還沒有找到使之彰顯的方式。這裡頭的意義，也有點像是，姑且不論世人是否愛你，你先愛這本然的樣貌，才有可能為之費心，使之蛻變成文學的語言。這可能性是未知的。

《西北雨》真正創造了小說時間的未知特性。是這樣的特性，使裡頭每寸地表、山村乃至北方港鎮，滲透出個體生存史的嚴峻色澤。小說改變了我們對真實的想像。小說本身做為小說，它極度真實。那是寫實主義所不能探勘的時間。母親未來的幽靈，打從遙久的某個墜落瞬刻，看見孩子都沒看見的未來的朋友。死亡因此是與生之時光同在。未發生的與已經發生的，有時候在意識裡感覺異常接近。這份無限遠走與縫合的未知性，又摺疊成小說本身的時間結構，也像容器盛裝著小說的技藝。文學對記憶的關心，其實也同時在「忘記」裡完成。那也像是知曉過去雖然已逝，可是過去也如同未來，依舊如謎。有時候，暫時忘記「動機」或「議題」（身分、族群……等等），小說反而能去到生存粗礪的所在。

這麼說，並不意味政治不重要。政治已然在文學史上跋涉行遠，常被以為是堅定實線的風景。儘管如此，文學總是在尋覓，那可能更為幽微險峻的路徑；消解那些太容易被嚼爛的話語，棄絕太容易認同的本質立場。文學尋找悖論，保留事物最細緻的複雜面向。在〈就像人不能豁免於政治——成為南非他者的柯慈〉篇裡，童偉格一開始就寫道，是隱遁，才使得作家柯慈（J. M. Coetzee）「握有個人生命的絕對詮釋權」。從話語的表面遁去，小說以更為精緻——包括織入了話語所不及的留白，才表達了歷史詮釋的艱難。

那經常為歷史紀錄所覆述提醒的遺忘，到底是指什麼呢？是什麼被遺忘呢？借布朗肖語，被遺忘的乃是「在那極度陌異的壓力下，曾經被人經歷過的東西」。遺忘也意味著語言的聚與散，對文學來說，不僅僅是把遺忘的空白給想起來。也在於，因為那不得不發生的遺忘，恰好透顯記憶經歷的邊角地帶。有什麼東西無法再說，就像記憶終於決定，要去到路的盡頭拋棄一隻貓。必須蛻變成以虛構的方式再說一次，成為小說。

小說一字一句搭建，讀的時候，就像感受著從支架梁柱彌漫開來的氣息——究竟是誰在說這一切，事物又是怎麼經過。我喜歡童偉格小說中，那伴著每個身分的無名者，就像靜靜旁觀、應答與聆聽之人，也像在告別了什麼之後、抵達之前，居中浮現的，無甚自我欲望的淡漠側影。如布朗肖說過的，有些時候，就在陌生裡頭反而有份親密。「散步，遛狗，逛夜市；她知道那是什麼，但在離開犬山前，很多人們以為是日常的事，她並不能親身體會。」「她想著，『母親』原來是這樣的。這也是在離開犬山以後，才能親身體會的事。」正是小說才使之攤展，像把時間凹摺中隱藏的打開。在時間過去之後。

如同《西北雨》末尾，海王從睡夢中翻身嘆息：我早就甘心於無語。雖然世間依舊等待果陀，可是神老早就對世界放棄預言了。儘管如此，過去的以其未言，渡逝如水，滲透生命的感受。童偉格的小說，如是探勘了那語言懸淵的宿命；無論虛幻與否，在那無語閉合的漆黑之間，文學依舊以其無限織造的可能性，像溶蝕星球的光線般爆亮開展。

童偉格與
temps mort [*]

● 楊凱麟

巴黎第八大學哲學場域與轉型研究所博士，臺北藝術大學藝術跨域研究所教授。研究當代法國哲學、美學與文學。著有《虛構集：哲學工作筆記》、《書寫與影像：法國思想，在地實踐》、《分裂分析福柯》、《分裂分析德勒茲》與《祖父的六抽小櫃》；譯有《消失的美學》、《德勒茲論傅柯》、《德勒茲，存有的喧囂》等。

當第一個字母揭啟時，童偉格的所有字母皆已重新摺納收攏，每一個字母都蹲踞其位，亦都重層疊瓣地捲入其他字母。在署名童偉格的紙面上，字母們一逕安靜地輪番摺縮與開啟，以不同維度、側影與折光遠遠近近地表達出每一不可取代的字母，但每一字母亦都因此含攝了所有字母的獨特鏡像與觀點。字母即字母拓撲學（topologie）的全景展示，對童偉格而言，那是以極謙遜與極簡約的動作所牽動的宇宙等級凹摺，在文字的表面寧靜裡，小說中的角色，各種簡單稱之的我、你、他、外婆、阿嬤、父親、她娘、看守員……皆不無恐怖地暴長成巨大的存有概念，明晰地投射著一幅幅在山林、城市與海島上鮮活的情感地勢學（topographie），以及由字句的類神經網路所重新修復的記憶與記憶的不可能。童偉格說，這是「為了一個既是將來，又是遠涉過往的全景展示」。（字母 D）

那是字字句句皆指向某一時間黑洞的世界，沒有一個被寫下的句子不被精準地嵌入字詞的不可見宇宙之中，因而沒有一個字母不命定地纏祟著未來的記憶與過去的預感。

記憶不可記憶之物，於是有著童偉格式的未來；逝去的時間總是重新凝縮為存有的預感，成為由小說所竭力驅動的、永恆回歸的過去。而現在，童偉格的讀者，你，應該要安靜坐下來，噓，取出這本時間之書開始「讀大冊」。

於是，你翻開書頁，在字母 A 裡，已妥貼地摺入了彼時尚未降生的 B、C、D、E 到 Z；字母 B 在落筆的同時亦穩穩埋著同一套字母的另一變貌：字母疊套字母疊套字母，未來已經過去即將現在。這並不是說童偉格的字母一成不變，或是有

[*] temps mort 意指死亡時間。

著時序的混亂與失衡，其實，剛好相反。所有字母皆重複每一字母，但每一字母亦皆差異於所有字母，且總是已經先自我差異，與「微分」。「想像自己正與更多的自己對望」（字母C），「那一間間房，住了無數個我們……我就是這樣抵達妳的，前一個我，下一個我，皆是如此。」（字母G）這是很稀罕與令人心驚的閱讀經驗，在 A, A, A, A, A……中，或讓 ABCDE 裡還有 ABCDE，休謨說，改變的並不是事物，而是觀看者的心靈。不過，請你一定要放心，保持你的速度一個字母一個字母看下去是 OK 的，童偉格寫道，「不會有人想一次調動所有話語，像我對你所做的事那樣。」（字母A）

骰子撒手一擲，童偉格的 A 到 Z 呈顯的是何種宇宙？

那是一個，嚴格地說，時間＝0 的世界：「世上所有起點，也就是所有終點；就像所有終點，也就是起點。」（字母M）當然囉，一切終點都早已無間隙地接上起點，這是莫比烏斯環無誤。然而，在這樣的絕對空無中，小說人物走動、飲食、沉睡、搭車與少少的交談，他們等待，沉靜，憂傷與死去，在等於零的時間中如柏格森所言：我在等糖融化。

時間 0，開始等同結束，沒有時間的時間，死者永存，觸及的不可能，痊癒的不可能，永遠被截斷的過去，迷宮，永不可能進入的房間，不被觀看，不被記憶與「我」的徹底取消……，僅僅死者在場的零時間，以及與死者的無盡對話。閱讀童偉格意味著穿越一整個當代哲學與文學所交織而成的火線，這是進入由「當代存有與創作問題」所密織的恐怖射程之中，置身於重力、動能與空氣阻力所總成的物理極限，當代作者與讀者在同一個拋物線中必須追求的彈道低伸，或者用棒球的術語，直球對決。

那麼，零時間的小說時間是什麼時間？這是何種「時間性」的書寫？或，何種書寫的時間性？能夠理解童偉格小說的內在時間性，在某種程度上就理解了對他而言寫作所為何事，而文學欲傳遞何種情感（affects）。我們可以試著僅在《字母會》裡對這門當代的「時間書寫」提出一種初步的回應。

簡言之，所有的字母都指向一個尋覓時間起點的故事，然而這些「創世紀」

卻也已經同時是某種沉默的「啟示錄」，在一切開始中總是已經有真正的結束：「所有溫度與光影將一時俱在，且將一同，在起源處耗散。」（字母 A）寫作就是讓文字與思想在這樣的時間環墟中或快或慢地轉動起來，展開強度的就地旅行，哪裡都未前往，哪裡都去不了，但世界成壞生滅已百千萬劫。

當然，小說裡「真正的結束」，毫無意外的，是死亡。某人，他，或你，已經死了，而我來得太遲。我的寫作開始於「真正的結束」之後，我很抱歉，而且注定無法結束，因為已經結束的時間無法再被結束，在各種開始開始之前，結束已經結束。寫作並不是天真的「結束後的再開始」，亦不是「開始以便能結束」，因為死亡使得一切韻腳不再能合拍，時間由此斷根、不偶與永遠懸置，死亡滅絕一切，是不再有起點的真正結束。然而，也正因為置身於時間的絕對弔詭與孑然之中，在存有的空寂內核裡，寫作有了「真正的開始」，這便是當代文學的宿命：「在時間的密林裡，除了先行且不能記憶的滅絕之外，我猜想，我不太可能再在事由的源頭，求索得什麼了。」（字母 D）時間是時間的極限摺曲，結束不僅先於開始而且結束一切，這便是必須在語言平面上面對的童偉格問題。

滅絕是寫作的先決條件，意思是，在寫作之先，在一切能落到紙頁之前，滅絕已經發生，先行而且「不能記憶」。這是何以鐘面停留在時間零點，童偉格的人物在凍結的時間之屋中徘徊不去，這屋子有鬼，魂魄不散，但正是這個總是纏祟紙頁的幽靈，源源催動著小說的動力。

有一天，我必得向人說明你的死亡，使其得以讓人明瞭。那就像是你所專誠經歷過的生命全是假的，在我將它落實為真之前。那就意味著，在我們之中，總有一人，會成為真正的幻影之人。（字母 F）

死亡與寫作的關聯是臺灣中生代創作者的主導動機之一，這毋庸議，邱妙津、黃國峻、袁哲生的自殺甚至已成為臺灣五、六年級小說家的某種「文學經驗」，而且無可迴避地被進一步轉化為小說作品，比如駱以軍的《遣悲懷》或賴香吟的《其

後》。而童偉格使得死亡不再停留於經驗層級，他透過小說的「沉思」，某種臺灣版本的《墓中回憶錄》（「每個人，都是一座走動的墳。」字母A），觸及當代哲學賦予死亡的高度，成為必須透過空無、哀悼、記憶、事件、無人稱、域外……等極度思辨的概念所創生的思想運動。然而，重點或許不僅僅是哀悼，而更是哀悼的不可能（與不哀悼的同樣不可能……）。直面當代的死亡問題，寫作成為最弔詭的行動，它是由重重不可能性所投射的虛擬思想影像。

死亡是抹除與滅絕，書寫則是更進一步地抹除（「像是你所專誠經歷過的生命全是假的」），小說最終僅浮現在這種獨特的「雙重抹除」之中，以造假的方式來證成存有的真，然而這亦已是承認真從不可能自證，它僅僅是重重造假下的效果，而且易於消亡與永遠死去，世界不過是由真假虛實所劇烈震盪與相互伏擊的絕對「幻影」。

以書寫來無窮逼近不可接近的死亡，但別想得太多（或太少），這可不是好萊塢或迪士尼樂園，並沒有狂風驟雨雷霆閃爆的特效場景。有的是時間不可逆撥、死者無從復返的緩慢日常，但書寫從死亡中切出了無數的孤寂宇宙，「臨摹他的離開」（字母A）。最終，這是一個徹底孤身一人的宇宙：愈書寫，愈沉入獨身無人的曠野，迷宮僅是一條筆直的線，即時間，僅一怪物存在其中，即「彌諾陶洛斯」（字母M）：

你置身的，與其說是最後的死亡現場之鏡像，不如說是你所活過的一切時空的總和，一次性的複製，一個沒有始終的，自己的宇宙。（字母O）

孤身一人卻同時是「時空的總和」，字母K中的看守員便是這樣的概念人物。前任與現任在一地空曠與孤寂中以空氣、燈、火、水氣與工作日誌形影交錯，前任已經瘋了，新看守員銜命前來接任。然後，不知是新任或舊任，在接受任務的時光裡領取裝備，準備隻身前往「絕對無人的空曠裡」，「我覺得我已為『我』，準備好一段形同廢話的墓誌銘了。」我，我瘋了，我來接替瘋了的我……，然後結

論：「這個人最後會死。」童偉格的 K 是各種形式的「吾喪我」，我在一個只有我的亙古時空之中，我接續著我單調而孤絕的生命，最後，我死了，我為我準備了無啥意義的墓誌銘，總之，我重複著我，且最後，死亡的就是我。某種「生活指南」，確然童偉格款式。

由此開始，童偉格的寫作毫不妥協地激化了臺灣文學的當代性，意思是，「處決」了鄉土文學，寫小說從此必須面向當代思維，寫作意味著從每一個環節、以當代的方式回應「何謂寫作」？或者不如說，小說就是以寫小說來思索怎麼寫小說，而且，做為童偉格的讀者，你怎麼讀懂他的小說就決定了**當代小說思考**怎麼重構做為閱讀中的你！《童話故事》做為一種「閱讀筆記」並不是偶然的產物，童偉格屬於當代閱讀經驗之構成部位，他的寫作已全然重置了臺灣文學不可迴避的當代性。

這一切，關於寫作的想像，與一切僅能藉由寫作所完成的（或許，還有一切不可能完成的），就是小說的「童氏猜想」。

世界正轟隆隆地朝前滾動而去，但童偉格的小說很安靜而且極簡，那是字句正不斷自我堆疊結晶與瓦解消融的晶亮時刻，在這種靜謐中，小說以風格化的方式閃動著臺灣存有模式的精神性。

國立臺北藝術大學 Taipei National University of the Arts | 北藝大博班實驗室 TaipeiArts Doctoral Research Lab

將臨的書寫

當代書寫與評論芻議

L'écriture à venir

Encounters between Contemporary Writing and Criticism

或許，我們應更勇敢提出文學的看法。

台灣的文學現況缺少有力的「說情者」。

然而，最好的說情者，不就是以肉身投入書寫

且總是繼續寫著的我們？

小說家	論述人
駱以軍	楊凱麟
陳雪	潘怡帆
顏忠賢	朱嘉漢
童偉格	蔡琳森
胡淑雯	徐明瀚
黃崇凱	辜炳達
張亦絢	林運鴻
賀淑芳	馬翊航
陳栢青	印卡
李奕樵	湯舒雯

2018 7/1（日）

08:30～18:30

臺北藝大校長室（行政大樓4F）

請預先報名，詳情參考：www.tad-lab.net

或E-mail至 dominique.ipei@gmail.com

臉書直播：f 北藝大博班實驗室

www.tad-lab.net

｜主辦｜北藝大博班實驗室 TaipeiArts Doctoral Research Lab ｜協辦｜國立臺北藝術大學美術學系博士班、國立臺北藝術大學藝術跨域研究所、 衛城出版 ｜視覺構成｜林耀秋

字母會
的 6 種剖面

從評論作品到近距離觀察字母會的小說家，

潘怡帆的角色既融入又旁觀，

她以字母會討論參與者與一個先驅讀者的視角，

寫出字母會的時間軸與立體剖面，

將於《字母 LETTER》各期刊出。

文學的介入

● 潘怡帆

巴黎第十大學哲學博士。專業領域為法國當代哲學及文學理論。著有《論書寫：莫里斯‧布朗肖思想中那不可言明的問題》、〈重複或差異的「寫作」：論郭松棻的〈寫作〉與〈論寫作〉等〉；譯有《論幸福》、《從卡夫卡到卡夫卡》，二〇一七年以《論幸福》獲得臺灣法語譯者協會第一屆人文社會科學類翻譯獎。

什麼是文學介入世界的姿勢？或者，應該反過來問，文學可以「不」介入世界嗎？不能。沒有空中樓閣的文學，只有置身世界的文學。文學不在遠方、他鄉或被劃到現實另一邊的虛構世界，它內在於此時此刻，從世界的根部啟動叛亂，以便挪出觀察現實的另一種角度，就地展開異域游牧（字母 N）。因此文學與世界寸步不離，它沒有肉眼可辨的表層肌膚，卻以惘惘的威脅宣告在場，在翻天覆地間重新握住世界的脈搏。如是，文學介入世界，非關表面議題形式，而從書寫的字斟句酌中，翻攪大腦的灰質，調校著前行的路線，鑿出觀看的第三孔穴。

二〇一二年啟航的字母會從未置身現世之外，它遍處潛行，與碩大虎嘯，暴雨驟襲的流星隕石數度近身、擦身、錯身或觸身，交鋒、著火、改變航道，或甚至幾近擊沉。蘇建和、鄭傑、氣爆、小燈泡、空服罷工、戴立忍、同婚釋憲……這些重量級的事件無一不摺曲（字母 P）進字母會的書寫時空，沒有消音或噤聲的漠視屏蔽，梭巡於聚會裡的每場對話，共構那正在發生，血氣蒸騰的文學活體。

在文學聚會裡，我們一再反思什麼是小說職人介入社會的姿態？什麼是文學面對當下事件的誕生方式？

什麼是文學人的姿態？倘若文學的善良正在於冒犯現實與價值，「讓既有的詞意徹底失效；讓已被用爛的套語，用來指涉特定種族階級，尤其攜帶上百年價值觀，用來殺人的詞語『癱瘓』」（胡淑雯語），那麼文學必須挺身，為無權開口者說話，「永遠站在雞蛋那一邊」，村上春樹如是說。與雞蛋同邊是為了重新看見個人的脆弱，動搖一切堅定不移，因而通過小說，暴露個人，布設場域，招募問

題，而非結束議題。

　　小說以一切為題材，政治、社會、科幻、偵探、倫理、歷史、神學、愛情、哲學⋯⋯無一不是小說開口說話的引子。這使小說家貌似政治家、倫理學家、神學家、愛情專家⋯⋯他們通過小說模擬處境，從細枝末節處暴漲出各種尖銳的提問，挑釁神聖不可動搖的準則。不過，政治家、倫理學家或神學家皆各有所執，為立場奮戰，而正是通過所執與立場，暴露了小說家無法成為其他類專家的文學特質。因為小說沒有不變的答案，亦無守恆的法則，小說裡的作惡可能起因於脆弱，良善可以是萬惡的淵藪，如川端康成或薩德之作⋯⋯小說的觀點、結論與結局並不決定作者的思想，一旦開闢新作，他隨時準備推翻前見地洗牌重來，或使甫建立的德性再次蛻變為罪行，如祁克果或托爾斯泰之作。因此，有別於政治家、倫理學家或神學家要求的立場一貫與言行一致，小說家不存在不變的節奏。作品總是善變，它處處推翻而無從延續建樹，其論述築起亦同時翻覆。不過，小說的善變無關真誠與否，而是對創造的堅守：必須殺死自己（既在），以便重新誕生。

　　有別於其他範疇對自身體系與論述的建立，文學是對一切建樹的質疑與崩解，它自域外發聲的質問，引發思想慣性與體統的暴動，把穩定的語言激化成劍拔弩張的字詞對立。因為反覆細篩語言，文學成為所有學問的最佳檢驗者，也是最不可信賴的導師。因為文學不提供現成的答案或最終方案，而是架屋疊床地在問題之上再追加問題，海明威說：「作品想持久，讀的時候就要跳過政治的部分。」這不是因為小說家無法提供深刻或重要的政治判斷，而是任何成形的看法與思想系統都會瞬間被跨越，因為文學總已置身事外地另起爐灶，使小說家雙眼重瞳地返回域外，再度流浪。

　　文學沒有馴服的時刻，它反叛一切同時自我反叛，如同巴爾札克對狄德羅的反叛，阿蘭・霍博格里耶對巴爾札克的攻克⋯⋯沒有不可動搖的法則，沒有不可攻陷的黃金城。沒有固定的行規，便無法複製貫徹意志的門徒，由是，文學不成一家之言，它以「不可追隨」的嚴酷性，強調獨一無二的創造性。這是沙特與卡繆之間的決裂，哲學或文學，向下扎根的論述，或安那其的創作。因此，文學對世

界的介入不是議題式的，而是獻身式的，不是成為用小說的形式來闡明政治、倫理或神學觀點的偽幣製造者，而是一再創造情境，打碎以論述或體系結晶而成的幻境。

唯有孫悟空懂得使金箍棒，關公才舞得動偃月刀，小說家則總是懂得以創作抵抗歷史的制定者，以書寫離開、質疑、挑釁、動搖或推翻既存的定見。雪萊、波特萊爾、卡夫卡……皆曾把理直氣壯的斷言凹摺成重啟思考的問句。於是昆德拉提醒我們：「在小說這塊地盤，人們並不堅持己見；這是個屬於扮演與假想的國度。小說中的論點，本質上就是假設性的」，這亦標誌出小說職人對世界的責任，通過創作，迴旋出思考的餘裕。卡繆說：「真正的藝術家不輕視任何東西；他們的責任與其是論斷，毋寧是瞭解。在這個世界上，如果他們必須站在某一邊時，他們或許只能站在尼采所說的，由創造者而非由法官來統治的社會，不論這創造者是工人，還是知識分子。」

創造者使人長出嶄新的耳目，使陳見與定論重新翻案。唯一能從政治利用中脫模的是創作，因為它從未停止生成、變形、詮釋與再誕生。只要尚未定型，便無法被捉摸、掌握、定位或強加罪名，相反的，它演繹自由的可能，成為一再推遲末日的「緩刑」與「永遠懷抱希望」。卡繆說，小說家「不正義，卻又熱切地尋求正義」。文學是與無權者共同承擔的誓言。一旦握住審判的權柄，世界即刻黑白分明，容不下更多的顏色，也對無法說話者的哀鳴置若罔聞。小說家深知言說即是行使暴力，即使是太陽也無法讓光線一視同仁，言說從未掃除黑暗，而是以聚焦來統一視線，屏蔽不可見。因此，言說無正義，然而，也唯獨言說能取消它的不正義，那便是小說家的言說。小說家以繼續言說促使已說質變，成為自己言說的流變者、質疑者、挑釁者與游擊者，由是，小說家不停止（質變）言說，以尋求正義消弭它所種下的不正義，而鄰近正義。

面對世界的各種生成流變，字母會的寫作者無不幾經思量，反覆辯證，說什麼？怎麼說？如何在事件消失之後繼續說？繼續反省，繼續替失聲者發聲？創作！

創作不是以白紙黑字留住罪犯的姓名，而是踽行於文字的交界，檢視自己也

尚未知曉的正義。作品（字母O）使筆下事件一再變貌重返，如幽谷回聲，在氣流中轉調成自我的他者之聲：《奧吉·馬奇歷險記》同時寫就旺盛生產的蓬勃朝氣與欲望過度橫流的毀滅性來反思 Metropolis 的本質，《一九八四》以反烏托邦手段打造烏托邦的肌理疊層來追問利大於弊中的人性碾壓……作家必然以「任意一個」（字母Q）的不正義觀點出發，然而啟程同時是對此觀點的出走、遠離與喪失。由是迎來作品的精神分裂（字母S），使不同時空的讀者皆能親臨他缺席的現場，尋思他想望的正義。因而童妮·摩里森不控訴、不憤怒也不命名，她專注於臨摹他者，從一言走向異言。

　　譏誚、鬧劇、夢囈、無賴、衰老、論述、無病呻吟、玩笑、鋒利、冷漠、牧歌……字母會的書寫者持續創作，做為文學獻身世界的溫柔，嘗試在主流思考的單向道裡，在掌心保留一些迂迴的語氣，烘托成「請重新考慮」的希冀。

　　由是，當事件退燒或歡騰遠去，那些被遺忘的總能一再地被創作珍重拾起，以多重誕生的方式記憶（字母R）：〈妻子的漫長等待〉、《摩天大樓》、《三寶西洋鑑》、《文藝春秋》、《虛構集》、《匡超人》、〈環墟〉……。有別於遲來的正義，文學是正義的永恆回聲與再三反省、數度確認卻仍不能不猶豫的溫柔。它與懦弱、不潔、卑微、殘缺、損傷、墮落與恐懼為伍，在邁向數位化與規格化的世界裡，嘗試銘刻那些使我們完整為「人」的部分。

周書毅

藝術創作者
與閱讀

◎攝影──陳長志

從臺灣性挖到本質：
舞蹈家周書毅
以閱讀重整自己

周書毅｜一九八三年生，十歲習舞，二十歲初試啼聲，獲選臺北兩廳院新點子舞展，開啟獨立編舞與舞者的藝術生涯，透過舞蹈直敘生活、旅行的感觸，審視自身生命，鏈結身體與環境、社會的關係，提出「屬於亞洲的身體語彙」。曾赴紐約、巴黎、北京、香港、臺北和臺東等地駐村創作。作品曾發表於紐約秋季舞蹈節、德國 Tanz Messe 舞蹈博覽會、英國沙德勒之井劇院、法國亞維儂藝術節 off、埃松省舞蹈平臺、香港藝術節及臺北兩廳院委託創作等，並與國內外舞團合作演出。亦曾獲得英國沙德勒之井劇院第一屆全球網路影片比賽首獎，丹麥 Cross connection ballet 編舞大賽銅牌。二○○四年與陳武康、蘇威嘉等人成立「驫舞劇場」，二○一一年創立「周先生與舞者們」展開藝術與社會的更多連結。近年專注於亞洲與身體的創作探索，成為舞蹈旅程中另一個起點與轉折。

◉莊瑞琳／採訪

　　二○○九年以《1875 拉威爾與波麗露》獲得英國沙德勒之井劇院全球舞蹈比賽首獎的周書毅，不只在編舞創作受到矚目，二○一一年成立「周先生與舞者們」舞團，更帶著這個得獎作品到車站、百貨公司、廟宇等公共空間巡迴演出，顯露他思索舞蹈與社會對話的深刻企圖心。在連續四年的舞蹈旅行計畫後，這兩年半，面對現代舞市場的困境，他說自己「停」了下來，他問自己：表演藝術的庶民活力在哪裡？更難的是，現代舞的庶民活力在哪裡？

現代舞會不會消失

　　從高中畢業領到第一筆三千元演出費開始，周書毅就開始懷疑，舞蹈是一門什麼藝術？不是用金錢來衡量，但是怎麼用生活來衡量？用比喻來設想，臺灣現代舞市場怎麼從兩千人到兩萬人？再從兩萬人到二十萬人？在停下來的兩年半，周書毅選擇試著跟國家補助體制分手，想要找尋真正生存的方法。於是他去香港、北京，到處提問：你覺得現代舞會不會消失？他也去臺東、宜蘭、鹿港與臺南，想跟這些地方的人事物撞擊出作品。周書毅說，藝術家不能被城市群聚影響，只有在城市解決問題，做只有城市人才懂的作品。他要求自己不能只跳舞，語言不能單向，溝通的人要多元，創作的界線要拉開，於是他甚至去育幼院教社工們做

身體舒壓，結合諮商與舞蹈。

　　周書毅似乎永遠在推翻自己。事實上在二○一四年他發表了《看得見的城市，看不見的人》，以當時喧騰的大埔張藥房與士林王家迫遷事件為靈感，將都更與拆除問題轉譯成身體的舞蹈，但他覺得這樣議題性的作品，並沒有做到表演藝術市場上的對話性，是臺灣的劇場已經走到純娛樂性時代嗎？於是他進一步自我質疑：臺灣的表演藝術是什麼？人為什麼走入劇場？該如何挖掘創作題材？

讀書重整自己

　　在這些不同階段的追尋中，能量哪裡來？周書毅說，一半觀察，一半讀書。近年關於思考與環境的書特別吸引他。創作《看得見的城市，看不見的人》時，《失控的進步》與原廣司《聚落的100則啟示》是兩本陪他做完作品的書。盧梭《一個孤獨漫步者的遐想》還有吳明益的《浮光》、《家離水邊那麼近》都是他手邊一看再看的書。只要喜歡的書，如碧娜‧鮑許的傳記還是《浮光》，他都會買很多本送給朋友。周書毅說，《浮光》吸引他的除了知識，還有創作者探索的過程。《家離水邊那麼近》則是讓他認識臺灣以及瞭解環境。《一個孤獨漫步者的遐想》從書名就很吸引他，盧梭死之前還在想這些事情，「在一條漫步的小路中，撿拾回憶。」周書毅忍不住翻開書頁朗讀起來。「重整自己的時候，就會帶一兩本書出去。」周書毅說。

　　正在讀字母會作品的周書毅說，這些虛構作品讓他體會到，原來虛構來自於我們對於生命的想像。他認為，每一個作家都在透視他所認識的生命故事，還有他們觸及的事物，並將這些轉換成作品。就像畫家一樣，創作出要我們看的牆，只是轉換出的是一個一個字。因為幾年前看過陳雪的相關報導，使周書毅在字母會的作家中，對陳雪的作品特別感興趣，他讀起陳雪《字母會C獨身》的開頭，「一定是缺少某個重要的關鍵人物」。周書毅說，陳雪這個故事在寫作家，她似乎都一直在面對寫作，一直把寫作的角色放進去。對於文學與出版的現狀是否跟現代舞一樣困頓？周書毅想起二○○四年跟另外兩位年輕舞者陳武康、蘇威嘉合作

的鱷舞劇場，跟字母會很像，他們也想用命題作文的方式創作，打破自己的慣性，發表過樓梯、骨、速度等題目。「有引起很大的社會效應嗎？好像也沒有。但是有十足的養分，累積未知的創作力。」周書毅說。

現代舞的起點與本質

「舞蹈卡住的時候，會回到最之初，去想現代舞很困難的起點。」周書毅提起電影《狂舞摯愛》，主角是十九世紀後半，第一個在舞臺表演現代舞的美國演員洛依·富勒（Loie Fuller）。他說，富勒沒受過任何訓練，看到一塊布在空中飛舞的形狀，她就覺得這是舞蹈。「她創造很多玩布的方式，可以說，她創造很多的字母，肢體的字母會。」現代舞起點是如此抽象，像蝴蝶一樣的形狀。富勒的演出讓觀眾為之瘋狂，他們沒看過這種沒有語言的舞蹈。後來的現代舞之母鄧肯就是她的學生。周書毅說，現代舞的起源很奢侈，是來自於人性某一種渴望自由的通道。「每次卡住的時候，就會回頭去想，要去相信那個可貴的東西，重新檢視怎麼把這個可貴的東西重新推銷出來的方式。當然每個時代不一樣。」周書毅說。

臺灣現代舞發展約五、六十年，回頭思考臺灣性與創作的關係，周書毅說，會思考什麼是臺灣性，因為不得不思考，而且不停止地思考。《1875 拉威爾與波麗露》在各地巡迴時，每一次觀眾都會問他在跳什麼？但如今他想得更多。周書毅發現，當追溯超過一百年，思考臺灣性的身體，它可溝通的共通性是什麼的時候，還是會想到中國、日本。製作《看得見的城市，看不見的人》時，他意識到拆遷不是只有臺灣發生，很多國家都有，從臺灣性挖到本質，不是只停留在大埔事件，才能轉譯成作品。但他說，「我還沒有找到。」

假如我有才能的話

如今周書毅更懂得自己更想要做的作品是什麼，他正在幫香港城市當代舞團一位五十五歲的舞者編獨舞《Almost 55》，這個舞者是中國一九八七年第一屆現代舞班培養出來的。周書毅說，一開始我以為我只是想討論，一個舞者到了五十五

歲身體的變化是什麼？但後來我才發現，我在透視的是現代舞相似發展的問題。思考過臺灣的身體為何後，或許他更想要思考的是，什麼是亞洲的身體。

　　在舞蹈界前輩眼中，做人不夠圓融，總是叛逆走自己的路的周書毅，面對現代舞發展的難題說，「假如我有才能的話，我就會突破它的問題，如果沒有的話，我就會繼續僵持在縫隙中，所以我還在觀察自己，我有沒有才能從縫隙中看見一些光。」問他，會對時間感到焦慮嗎？周書毅回答不會，因為隨時都可以死掉。他笑說，「我只是覺得，如果我會成為被犧牲掉的那個世代，那是我自己造成的，所以我還在問，我能做什麼，我跟我身邊的人可以做什麼。我覺得，我的叛逆期不會結束。」

重要計畫與作品───

「下一個編舞計畫」、「舞蹈旅行計畫」、《S》、

《月亮上的人──安徒生》、

《看不見的城市·人充滿空氣》、

《從身體出發》、《1875 拉威爾與波麗露》、

《我／不要／臉》、《重演》、

《關於活著這一件事》、

《重演──在記得以前》、

《周先生的最後一天》、

《看得見的城市，看不見的人》

簡莉穎

藝術創作者
與閱讀

◎攝影──簡莉穎

文化的雙向
翻譯者：
劇作家簡莉穎的
人性博物館

簡莉穎｜一九八四年生，彰化員林人。東華大學原住民語言與傳播系、文化大學戲劇系、臺北藝術大學劇本創作研究所。自二〇〇九年至今，劇本創作及編導演作品超過三十齣，為新生代最受矚目的劇作家。二〇一一年四月號《PAR表演藝術》雜誌「十位表演藝術新勢力」之一、二〇一二年《PAR表演藝術》雜誌戲劇類年度風雲人物、二〇一五年國家兩廳院「藝術基地計畫」駐館藝術家、二〇一八年香港中文大學（深圳）駐校藝術家、政治大學駐校藝術家。

◉莊瑞琳／採訪

　　覺得劇場是有希望的嗎？近年頗受矚目的劇作家簡莉穎毫不遲疑地回答，「我覺得完全是。」她年年推出新戲，還可以重演舊作，原創劇本也成為電影與電視劇想要改編的對象，她說，看到很多新觀眾，尤其本來不進劇場的，可能這個東西有打動他們吧。她相信故事可以召喚更多故事，「把這個敘事與經驗丟出來，大家也許願意慢慢加入把故事說出來。」簡莉穎說。對她而言，舞臺就像是召喚大家經驗的祭壇。

與記憶的消逝比速度

　　被稱為新寫實的簡莉穎，多部作品都有強烈面對當代社會問題的企圖，她是資料研究與田野調查能力兼具的劇作家。她描述參與日日春團體的影響。一次，在龍山寺深夜做田調遇到一群少女，是新竹尖石鄉的原住民，因為水土保持問題，她們的家園在颱風時被土石流毀了，所以下山工作。「原來濫墾濫伐會讓少女從娼」，她從來沒這樣想過問題，因此開始把社會上很多事情連在一起思考。

　　不管是以同志與愛滋病為主題的《叛徒馬密可能的回憶錄》，還是正在寫作以北投酒家小姐為背景的新戲，簡莉穎都閱讀大量文獻資料，勤快訪問，她說，「這些記憶消失的速度，根本比不上把它追回來的速度。在臺灣寫這些故事會有點焦急，到底資料都去哪裡了？遇不遇得到人讓我問？」馬密被視為奠基在同志運動三十年的作品，但簡莉穎很明白，不能停留在政策與議題取向，必須把文史資料與案例重新賦予人性的敘說。她說，「訪問這些人、看這些資料豐富了我的生命，

如果經過我的整理，又對應到他人生命，是蠻讓自己感動的。這些資料都在，只是有沒有人轉譯，用故事把它呈現出來。」在臺灣要成為一位優秀的劇作家，勢必要是文化的雙向翻譯者，簡莉穎對此早有認知。

從西方戲劇落地

一九八四年生的簡莉穎，大學讀戲劇系時，臺灣劇場界雖然已經有田啟元、王嘉明這些典範，但她認為都是突然冒出來，臺灣戲劇很難有系譜，「我們的戲劇風潮一直不斷在追趕西方當時的風潮，反文本、反表演……」簡莉穎說，西方戲劇每一個「反」都有它的脈絡，但如果沒有要反的東西，直接拿來用只是新潮而已。學習西方戲劇的過程她一直在思考兩件事，哪些劇本是不需要被改編演出的？哪些可以「換一種方式來說」？

大三上導演課時，簡莉穎遇到蘇珊·桑塔格的劇本《床上的愛麗思》，劇本的角色大多是美國的社會學家與女性主義者，內容很理論很難解，她當時就認為，即便是蘇珊·桑塔格的作品，這個劇本是不需要被演出的。因為如果「劇本我自己都讀不太懂，到底要怎麼演出、呈現，怎麼讓觀眾進入這個世界」。這不是陷入只要作者是外國人就不需要被演出的迷思，比如契訶夫《三姊妹》、易卜生《群鬼》後來都成為簡莉穎改裝的對象。她在研究所階段寫劇本的時候，就意識到落地的問題，開始從身邊的事情出發，即便改編孟若的小說也會轉譯成臺灣的背景，「我沒辦法寫我不知道的東西，不可能放在國外或希臘時代。這是自然出現的動機。」

簡莉穎的創作之路充滿雙向翻譯者的思考，「我覺得我在做的事情，是怎麼把我關注的立場、身邊的人、歷史或是身為東亞的被殖民後的人，跟我學習到的各種戲劇美學、敘事形式的想像放在一起。」她自嘲我們是苦苦追趕西方戲劇的東方小島。有次一個劇團要求她改編英國一個關於倫敦地鐵爆炸案的新文本，她強調有些是不可改編的，「新的文本一定是針對它身處的世界有話要說。為什麼我們要拿別人所處社會的劇本反映我們自己？」簡莉穎覺得，我們文化上都太過自我矮化了，「為什麼要藉彼說此？」其實只要持續開放地學習與面對，深入在地，

就知道怎麼去反映它，找尋「體感上的共鳴」。

臺灣的共鳴與傷痕

簡莉穎認為，一旦知道劇本不是一些叫瑪莉、湯姆或M、X的人在互相對話，充滿翻譯腔，就能明白「語言不只是語言，是一個人生活的樣子」，因為重要的是，「這句話聽起來怎麼樣，觀眾能不能接受到這句話的意思，不是寫了什麼漂亮的話。」簡莉穎思考觀眾體感共鳴的養分一部分來自文學，巴加斯‧略薩、艾莉絲‧孟若與瑞蒙‧卡佛是她一讀再讀的作家。她認為卡佛透過外在的動作進行描寫，很符合戲劇的需要，他與孟若都擅長洞見幽微的人性。略薩《狂人瑪伊塔》尋找狂人為何革命起義失敗的過去，敘事者問了很多人，每個都是開展成另一個故事，特別能深入祕魯的社會。這個深埋她心中的架構，後來成為馬密劇本的原型。

簡莉穎說，臺灣發生的事情，要不就是被電視劇式地處理，要不就是悼念，停留在歷史的傷痕。但對她而言，臺灣逐漸浮現一個很有趣的主題，「身為臺灣人，關於記憶與認同，我們活在這邊什麼是真什麼是假？」她說，不斷被打掉重建的認同，已在我們身上留下很深的傷痕。今敏的動畫《千年女優》，在同一個故事框架內並列過去與現在，就讓她對於記憶與虛實特別有感覺。後年她在兩廳院有齣戲是關於臺灣人與灣生日本人後來靈魂的相遇，為凸顯記憶的虛構性，以及真實之重複之不可能，她會放進如碟仙的超現實元素。她說，「無法全然回應當時的歷史事實，因為那可能是不可描述的。」未來除了日治時期，她還想挑戰白色恐怖，甚至八〇年代解嚴前的動盪，簡莉穎犀利地說，太多人說是蔣經國解嚴，黨外人士卻覺得是其他事件，可以怎麼把那段時間的事件梳理一遍，「畢竟我們還需要對民主化這件事情造神嗎？」

在劇場實現人性

雖然臺灣的基礎研究不完整，查資料時經常吃盡苦頭，但簡莉穎還是在構思更多本土題材，比如九二一地震。問簡莉穎，是不是對於權力特別敏感，才會創

作這麼多關於社會與歷史的作品？她回答，身為一個臺灣女性、同志，很難不對權力敏感。但她認為自己不只是關心議題的劇作家，因為那太政治正確，她關心的是人，在乎的是以藝術的能力呈現人的曖昧性，與各種意見的樣貌。

她喜歡一位法國導演的說法，劇場是當代人類的博物館。簡莉穎自認對於人的樣子非常好奇，即便自己有道德判斷，但她希望「在作品裡面描述人的樣子是多元的，先不要去批判他們，人的樣子是可以在劇場實現的」。

近期作品————

四把椅子劇團：《全國最多賓士車的小鎮住著三姐妹（和她們的 brother）》、《遙遠的東方有一群鬼》
TIFA：《叛徒馬密可能的回憶錄》
耳東劇團：《服妖之鑑》
前叛逆男子劇團：《新社員》
著有劇本集：《春眠》、《服妖之鑑》、《新社員》

演出訊息————

四把椅子劇團：《全國最多賓士車的小鎮住著三姐妹（和她們的 brother）》
● 二〇一八重演：八月十七日至九月二日（每週五 19:30、週六 14:30／19:30、週日 14:30）
● 地點：水源劇場
● 購票：請上兩廳院售票系統，詳細訊息請上臉書搜尋「四把椅子劇團」，
　　　　或追蹤 IG「4chairstheatre」。

新書訊息————

簡莉穎劇本集 2《服妖之鑑》（一人出版）
預計二〇一八年六月上市

LETTER
專欄

河岸與
最後一人

● 童偉格

一九七七年生，萬里人。著有長篇小說《無傷時代》、《西北雨》；短篇
小說《王考》；散文《童話故事》；舞臺劇本《小事》。

　　如果有一部無法由人寫出的理想小說，是以「人的重生」做為主題，那麼《罪
與罰》便是它的序言。因在《罪與罰》尾聲，杜氏帶我們確認了拉斯柯爾尼科夫
和索尼雅之間，終於發生的雙向認肯：躺在流放地的牢房裡，當他下定決心，在
未來，要以「無限深摯的愛情」，「來補償她所受的一切痛苦」伊時，在左近某處，
她亦「幾乎為自己的幸福而驚慌不安」。杜氏說，一個關於「人逐漸再生」的故事
才正要展開，但《罪與罰》自身，則「到此結束了」。令小說讀者好奇的，自然不
是在上述彷彿人間的最後一個黑夜裡，由杜氏圈點出的，穿越重重牆垣的簡明光
照；而是隨著這最後光照，彷彿，拉斯柯爾尼科夫才首次「看見」了索尼雅的實然
在場——這是一個事關認識論的問題：似乎，對他而言，在那之前，她毋寧從來
就更像是某種後設話語，相對概念；或者，是某種將無盡苦難，全收束在一個針
尖上的擬像。

　　最初，她是父親馬爾美拉陀夫懺悔錄裡的一個主題，代表父親無法平視的聖
潔。之後，她在拉斯柯爾尼科夫認知裡，是妹妹杜尼雅的延異；而其實，正是她
比杜尼雅更無辜、無所求，卻仍難逃受苦此事本身，使他察覺了索尼雅，那也許
更其「尊貴」的犧牲。索尼雅：另一位更本質性的杜尼雅。於是，當《罪與罰》篇
幅甫過半，機器神降臨——因意外獲得一筆遺產，母親與妹妹得以在彼得堡自立，
且也開始擘劃未來——那刻，負罪者拉斯柯爾尼科夫旁聽，立即明白，自己應當

杜氏猜想

因為「不是哲學家，也不是政論家」，因此才是優秀小說家（巴赫金語）。因
為生來被判要寫小說，所以耗費三分之二長人生，漫長準備它。杜斯妥也夫
斯基是悖論愛好者的衷愛，猜想他，意味預支一切早已完結的遲誤，將未竟
假設，兌成獨屬文學的此在。這是五次歧徑探勘，我們將從過去或未來，重
複抵達杜氏真正的起點，四十五歲時的《罪與罰》。

遠避這種關於共同生活的想像，以免破壞她們的幸福。他且也就不再延宕，離開她們，逕直走向那另一位杜尼雅，去向她道別。

那是裁縫某的住所，位在河岸上。裁縫一家九口，或病或殘，或癡愚，將家屋切割出一角奇形怪狀的空曠，具體說來，「像一個棚子」；且格外不帶批評地，容讓索尼雅寄居其中；且在可見未來裡，亦將繼續這般身無長物地寄居。於是，跟索尼雅道別，就像是跟世間最底密室裡的最後親人道別，而在別過之後，拉斯柯爾尼科夫即像能褪盡人的話語和情感，交予這位最忠誠的值勤者寄存；從而，也就能獨自跨過門檻，行進那不乏魍魎魑魅的流放地。兩人間最初的對話，是拉斯柯爾尼科夫跟索尼雅確認時間。索尼雅回答，她聽見房東的鐘剛剛打過，是晚間十一點了──隔牆，時間亦只像是有人，悄悄容讓她去租借的聽聞；而這一準確借閱，彷彿將是夜恆久指定，令其不再流逝。不妨想像：杜氏所欲在小說尾聲描繪的，「人間最後一夜」裡的雙向認肯，已預先由此漫漶開來，只因說來怪異也自然：經過半部小說，在此「對時」一刻，兩位小說主角才終於獨處。

認真想來，之前，在眾人環伺時，他們其實也只見過彼此兩面。似乎，我們僅能想像某種巨視，方能明白在那零餘幾次照面裡，拉斯柯爾尼科夫對索尼雅的識讀。例如以星體對星體的尺度。或者，像是從太陽的視域，去探看某人如夸父，想像後者那般漫長直至力竭的奔波，在前者看來，可能，形同從來就不曾真正移動過步伐；但其實，是無數次的路徑轉換，皆已在取消時序意義的情況下，被迫視成一幅細節繁疊的全景圖了──對前者而言，後者同步且全然地，據在於任何後者曾據在過的地點。

一如是夜，拉斯柯爾尼科夫靜坐在一張破椅上，看室內燭光搖曳，泛黑的壁紙蜷曲，猜想她，在之前與此後的每一個工作日，或者，形同在不斷重複的同一天裡，如何在這陌異屋內，一再變過自己臉容衣裝，去站到大街上盡職謀生。一如初次見面時，在她父親臨終前刻，她從大街上被喚回家，出現在那間絕望而悲涼的死屋裡。當時一室，亦是這般燭照光影。他看她那條鐘式裙襬，很突兀地堵住房門，猜想可能如何，她煞費一番苦心，才買到這樣一身雖然一眼可辨、必定

是極其廉價的花緞衣服。最使他悲傷的，是她手上的一把法式小陽傘，只因「雖然夜裡用不著帶，但她還是帶了」。

在她瘦小身軀之外的，一切生疏的多餘，或荒謬的費心，即連是插在那頂圓草帽上的一根鮮豔羽飾，對拉斯柯爾尼科夫而言，皆像拖曳且蟻行著她所經過的，那一整片老早就無動於衷了，而她卻曾以自己寥寥的人生經驗去盡力揣摩，且要求自己一再去取悅的街區。於是看著她，竟也像是獨見一切自異於她的，如何仍在持續環繞她——一種我們熟悉的杜氏跳躍：瞬間，拉斯柯爾尼科夫彷彿理解，索尼雅某種恆定卻纖細的不可見，如何受圍在一切顯而易見的表象之內。索尼雅在場形同不在：對拉斯柯爾尼科夫而言，她具體是人世的空缺。

於是，在他的視域裡，兩人這首次獨處，因其從先前相似死屋中所抽繹的、與所差異擺置的細節重複——如燭光，如桌椅櫥櫃，如低抑的窗，凡此種種——具象地，為他常習了兩人在正常人世裡的最後獨處。這且也是空間的恆定：對拉斯柯爾尼科夫而言，索尼雅能租得的任何房間，都像是同一個房間；都形同世上，最後猶然寬許人倖存的庇護所。

然而，在這類如守靈的氛圍裡，杜氏進一步讓我們理解：除卻上述個人心證外，事實上，他是絕對無法理解她的。在終於意識到、且提防起索尼雅那對他而言，極具「傳染性」的宗教情感後，「也許，」他挑釁地說，「上帝根本就不存在。」他想為她抹消，或為自己複現的，正是她所純粹信靠的價值體系：在他看來，其上，是永遠沉默、永不回應的虛無，某種極致的空缺；其下，則是自問自答的眾生，種種自行其是的翻譯者。其中，有代行天譴之人，有無由自咎的受難者；當然，也總不乏因自苦與自咎，而自覺聖潔過人的偽「約伯」們。

他想質疑她，或反問自己的，是自己對人世間，種種心之變異的深刻恐懼與憐憫。因為這樣矛盾的情感，他膜拜她那「偉大的受苦精神」；但隨即，他又痛切地逼問無由地受苦，或那般平靜地接受苦難，究竟有何意義。

索尼雅自然無可應答，只因關於索尼雅，奇特的是：她將自己的信仰，視作一個「祕密」，向來羞於向人表述。這種情感的起始無從追溯，似乎，早在她被殘

酷人世給徵用，甚至，早在她能理解話語之前，就已蘊藏在她心底。

更奇特的是，在她如向來那般，失語於自己對一切的誠摯時，那位漫長埋伏了半部小說、僅供默念的亡靈，自這守靈氛圍裡起身，代她去應答——因為櫃上一本破舊的《新約全書》，索尼雅提及贈書的亡友之名；上星期，她且去參加了亡友的追薦會。亡友正是麗紮韋塔。此刻，這處疊架小說中一切死屋的房間四壁，只祕密對那謀殺現場的唯一逃生者，拉斯柯爾尼科夫兌實。

關於那個謀殺現場，他記得開初，亦是隔牆，他如聆聽喪鐘敲響般，仔細諦聽一陣細瑣的腳步聲，接著是一陣輕微的呼喊聲；接著，「又是一片死一般的寂靜」了。他等候任何可能的變化。直到感覺這一回，這片寂靜彷彿將是永恆伊時，他攜起斧頭，直奔而出。在那個阿廖娜死臥的房間裡，他看見死者的妹妹麗紮韋塔，不知何故，竟提前返家了的麗紮韋塔，因驚嚇過度，僅能木然望著死者，再動彈不得，也再發不出喊。他舉斧，逼近這片永恆的創造者。

一位狩獵管理員，曾如此描述遭獅群圍攻的狒狒，在臨死前刻的最後反應：在自知大難難逃之時，牠伸手遮住雙眼；這是牠最後的抵禦，彷彿牠寄望著，倘若自己不觀看，眼前的暴亂，也就將被衝散成更暴亂的量子態——可能，獅群將不是獅群；死亡也就不會是死亡。然而，眼前，無辜的麗紮韋塔，已然退化到連狒狒都不如了，直到斧頭落下一刻，她「連手也沒有舉起來遮臉」。

麗紮韋塔的全然絕望，與全無反抗，像是一種更直接的反問或對視，關於也許無人，有辦法為拉斯柯爾尼科夫解答的基本事實：人能否藉由無辜受苦，去救贖他者。當然，此刻，索尼雅並不明瞭拉斯柯爾尼科夫心中曾湧現、與一併攜行的風暴，但似乎，正是這樣一種在兩人之間，重新確立的特異距離，使得當他離去時，她就「像望著一個瘋子一樣望著他」。或者，那像是觀望一艘遠去愚人船上的乘客，揣想著從他的認知，時空規則的從此相互逆反：對他而言，時間永遠固著在受苦一刻；而空間，卻持續隨他的漂流，在舷窗外奔逃。

在索尼雅的定視裡，拉斯柯爾尼科夫原地流放。不妨想像：屋外，那條始終不被描述的河，將暗湧過小說後半部，直至尾聲，兩人更其漫長的重逢，或真

正的相遇之景。這是杜氏的劇場造景術：其實，只要我們將擁擠的彼得堡，變易成一望無際的西伯利亞大草原；只要倒轉夜以為日，照亮這個場景，我們就會看見在那另一處「河岸」上，另一處「棚子」裡的，那另一位拉斯柯爾尼科夫，置身於《罪與罰》的最後一個白日裡。彷彿，拉斯柯爾尼科夫從來就不曾邁開過腳步，而其實是索尼雅，如此負罪地跋涉過無數被他遺棄的地景與時程，逕直走向那猶然寬許他的同一庇護所。

話語繁複的《罪與罰》如此，是《罪與罰》自身話語的簡潔反喻：在這個相對的觀看尺度裡，雙向的認肯，在可以輕易逆反的表象細節底重新締結，或其實從未解散締結。一如拉斯柯爾尼科夫曾經對她的複視，在索尼雅的視域裡，終究，舊日世界重新歸結了拉斯柯爾尼科夫，成為世上最後一人。

那必然使她感到生疏，或「驚慌不安」，一如其實，善良如她，從來就不曾深悉他，但這卻從來無礙她的惜愛。而杜氏，為我們重新埋藏這個「真正的祕密」，歸結整部小說，成為無可寫就之理想小說的序言。

奇蹟年代之後，是誰富裕起來？：〈消失的球〉以及眷村文學中「族群導向的階級敘事」

◉ 林運鴻

東華大學中國文學系博士，現為臺灣大學臺灣文學研究所博士後研究員。研究興趣為戰後臺灣小說、日本漫畫、階級意識、文化民族主義，以及文學研究的知識論。學術發表見於《思與言》、《臺大文史哲學報》、《臺灣文學研究學報》、《中外文學》、《文化研究》等。

　　張啟疆曾是臺灣文壇的得獎明星。各種文類都得心應手，拿過十數個大小獎項。儘管近年不如往日活躍，但他的作品常常充滿了匠心獨具的情節設計，語言活潑俏皮，又善於醞釀戲劇性衝突，也是文學史上後設小說風潮的重要追隨者。他於一九九一年發表的〈消失的球〉，在當時得到葉石濤跟齊邦媛等名家讚賞。這篇作品從眷村族群的角度，描寫在三級棒運時代，兩群血氣方剛少年之間的一場棒球比賽，竟揭示了外省第二代的苦澀成長經驗。

　　〈消失的球〉故事是這樣的：敘事者「我」，是一位失意喪志、得過且過、對生命毫無熱情的國營企業行員。甚至那僅堪餬口的職務，都是過世的榮民老爸，好不容易動用了軍中袍澤的舊日人情，才勉強謀得。不料，在這日復一日的因循中，單位裡來了一位英俊高大、談吐不俗，還是臺大畢業的年輕上司陳國雄。看著這位臉孔似曾相識又對自己充滿難以解釋之善意的新任主管，「我」心虛地發現，陳國雄正是自己在中學畢業前夕，最後一場棒球比賽的勁敵打者。

　　這場十五年前的棒球大戰，發生在由「我」所領頭的外省青少年混混以及陳國雄為首的 TK（臺客）幫派之間。兩群不愛讀書的迌迌囝仔，因為爭奪地盤以及文化摩擦，相約在附近的球場，用最「男人」的方式一決勝負。今日的「我」一邊回憶往事，一邊與老朋友相互灌酒，不禁想起當年己方那些窮得要命的眷村子弟，如何以破爛二手球具，迎戰裝備齊全的本省敵手，並在最後關頭飲恨。「我」赫然發現，落敗的並非只是一次棒球比賽，少年歲月以來的整個人生，包括球場之外

臺灣文學史的資本主義徵狀　　相較性別與族群，「階級」是本土文學評論較少觸及的政治性主題。在這個小專欄裡，我們將一起閱讀當代臺灣文學史上的數篇傑作，並且謹慎地去思考，在文學閱讀、出版市場以及發達資本主義社會的重疊之處，文化無意識可能具有的共謀或者反抗。

的社會地位競爭，「我們外省人」同樣在「他們本省人」的手下一敗塗地——離鄉背井、在臺灣身無長物的外省離散族群，在「地主」的土地上，打著一場毫無勝算的賽事。

綜觀臺灣文學史，自從鄉土文學降溫以後，社會不平等、階級分野等主題早已不受當代小說青睞。然而，〈消失的球〉卻運用了一種明顯訴諸經濟差距的角色安排，並以臺灣的「國球」為喻，表明在解嚴後，因為家世的窮困或清白，從而在階級上「無從攀升」的眷村第二代們。

從文學史來看，在解嚴前後，許多外省第二代小說家的作品，都描繪了與〈消失的球〉類似的、隱隱控訴族群不平等的階級關係。一些饒有深意的、同時連結階級與族群的對比再三出現：張大春〈四喜憂國〉中穿昂貴皮衣、開進口跑車，用臺語向退伍老兵妻子調情的本省青年；朱天文〈伊甸不再〉中愛慕虛榮的好友最後嫁給了能力平庸但畢業後馬上繼承父親工廠的本省老公；朱天心〈想我眷村的兄弟們〉則是提及那些不會講臺語的眷村子弟，根本無法在本省人經營的民間公司找到工作；而苦苓〈柯思里伯伯〉中，那位每月只有九百塊錢退休金的老榮民，對於輕易買下彩色電視機並沾沾自喜的本省好友不知為何有一股掩不住的悶氣……〈消失的球〉也不例外，故事裡所謂「成功的人」，恰好就是出身地主家庭，在自信與良好教養中順遂成長的本省人陳國雄。

眷村文學中的這種意識形態，顯然關聯於在特定年代，外省族群深藏心底的近乎偏見的東西。如果有機會與老一輩的外省長者閒談，不難從他們口中聽見某種典型思維：外省小孩無依無靠，必須在磨練中長大，不像本省人有田有錢，但他們的後生卻往往是不知人間疾苦的阿舍。無論這種對於後代品質的「階級解釋」是否具有學理上的效力，這種將本島人指認為「地主」、「田僑仔」的庶民情感，其實反映了，從不幸的二二八事件以來，臺灣社會一直未能修復的族群緊張。

真要說起戰後臺灣的階級狀況，恐怕，外省族群還是占有較大優勢的。許多嚴謹的社會學與歷史學研究都指出，整體而言，外省家庭的政經地位相較本省家庭稍具優勢，同時也因為大陸來臺人士所持有的文化資本與國家意識形態更相

契合，因此他們往往有更多機會獲取體制內外的高等教育資源。更不用說的是，一九九〇年代之前，臺灣的資本構成圖像，仍是以公營企業為大宗，而國民政府長期以來就偏好將經濟果實或管理職位分配給少數外省權貴家族。

這便讓我們追問，如果外省人的經濟與階級位置其實更占優勢，那麼，在眷村文學中，頻頻出現的「邊緣外省人」形象，又是怎麼回事呢？為什麼在當年的外省文學家看來，福佬族群竟是如此陌生的另一類人？以〈消失的球〉為例，外省幫與 TK 陣營之間，那尖銳仇視的氣氛簡直是小規模戰爭。當敵方老大陳國雄來給外省幫下戰書時，「我操你媽，你知不知道你現在在什麼地方？小虎指著右手邊刻著『婦聯新村』的大理石碑」──這塊由國家豎立，標誌眷村界地的石碑，當然是殖民體制用以分化不分省籍的所有臺灣人民的警戒線，強加於這些本來不該背負歷史恩怨的少年。如果讀一讀當代口述歷史及外省臺灣人回憶錄，我們就能知道，威權年代下刻意安排的軍公教居住政策，確實造成了許多眷村第二代在長大過程中，甚至會出現幾乎聽不見福佬話跟客家話、也不容易有本省玩伴的處境。而這種有意無意的隔離安排，造成第二世代外省族群與本島人互相理解與交流的艱難。

除了榮眷安置導致的族群隔閡，當代文學史裡的「邊緣外省人」形象，還有另一重要近因。在解嚴之後，隨著國民黨本土派逐漸掌握權力，而民進黨大力訴求的本土認同、悲情記憶也成為公共領域中的主流論述，許多外省人感覺到自己的道德價值和國家認同岌岌可危。當時以趙少康、郁慕明為首的國民黨保守派，開始大力鼓吹一種新興的「外省人弱勢意識」，他們強調，我們外省人才是戰後五十年來，臺灣社會裡最為困頓的一群人。這種說法很快就得到外省族群的認可，許多外省知識分子也據此重新建構父祖輩流離失所的歷史記憶。在某種程度上，眷村文學筆下那些賺人熱淚的退伍老兵故事，確實呼應了此一「弱勢外省人」、「卑微流亡者」族群形象。

且讓我們回到〈消失的球〉。在故事結尾時，「我」對於少年時代那場球賽的回憶也進入高潮。當臺客幫的陳國雄最終擊出一個漂亮的再見全壘打後（因為外

省隊伍的人數「太少」，無人可以替換的投手早已筋疲力竭），兩邊人馬終於放棄揖讓而升的競技，轉而訴諸最直接的身體暴力，以發洩在這兩個雖然年輕卻已經被族群與經濟位置所區隔的群體之間，那難以化解的猜忌。在混亂的群毆中，「我」一路追打著當年瘦小的陳國雄，直到他大聲喊出「不要在我家的土地上打我！」這才筋疲力竭停手。

是的，「不要在我家的土地上打我！」這當然是在民主化、本土化的解嚴年代，本省人念茲在茲的委屈。但〈消失的球〉顯然打算訴說另一個不同立場的故事。原來，你們這些據稱飽受威權統治的本省人，竟然還保有如此豐厚、不曾明說的底牌——在未來的市場經濟時代，這好大一片你我一起打棒球的土地或者田產，都是你們囊中所有。果不其然，若干年後，曾經瘦小的陳國雄，「媽的，這小子不簡單，我在少年感化院時，認識的一大票臺客都是他兄弟，聽說後來他還是臺大畢業，我操！」憑藉著這些有形無形資源，又黑又瘦的本省小流氓最終脫胎為高大亮眼、氣宇不凡的金融單位主管。而那位曾經與陳國雄在男子氣概方面旗鼓相當的「我」，「以前『釘孤支』跳第一個，現在好像連髒話都不會說了！」

這篇小說選擇同情與寬厚的筆調，毫無醜化本省族群的意圖。不過，〈消失的球〉同時更提供了一張關於地位浮沉的時光地圖，來回應本土主義者慣常使用的道德架構：是的，不該在你的土地上打你，這個世界確實有著平民與統治者的分別。但是，時間會證明一切，不知道你們這些擁有土地與財富的人是否已經發現，你們口中的那種對立關係，早就應該重新改寫，因為今天情況是：我們這些孑然一身的外省平民，屈從於你們那些遠遠拋下競爭對手，在新社會裡扶搖直上的本省地主階級。

藉由長大後，落魄窩囊的「我」與功成名就的地主後代之間的對比，〈消失的球〉觸及了外省第二代的深層政治感受和族群意識形態，值得你我深思。即便從實證來看，某些「眷村式」的思考和情感不一定完全真實，但那也是臺灣複雜的族群關係中發揮過巨大影響、到今天也還未曾遠去或平復的一部分。透過文學，這類修辭轉移了資本主義社會中的階級不平等，並把不安全感指派給那些在經濟起

飛年代富裕起來的臺灣人。做為讀者，我們必須提醒自己，文學作品截然不同於所謂「真理」，小說文本裡面描繪的真摯情感，並不總是一則能夠在邏輯上被證成或證偽的命題。唉，當我們說到複雜的認同與情緒，有很多時候，這個難解的死結其實來自難以區分加害與被害、統治或被統治的歷史荒謬。

帶著破碎的
心前進：
愛麗絲‧沃克作品中
的女權與情愛

● 胡培菱

美國羅格斯（Rutgers）大學美國文學博士。於大學任教、於媒體寫文。專論當代美國文學與文化。現定居美國。

　　如果說六〇年代黑人平權運動所催生美國黑人作家中，詹姆斯‧鮑德溫代表批判、瑪雅‧安傑盧代表希望、童妮‧摩里森堅持黑人本位，那麼本文所要討論的愛麗絲‧沃克（Alice Walker）則是其中女性主義的代表人物。

　　沃克生於位在美國種植棉花的「深南方」（deep south）中的喬治亞洲，來自有黑人、白人、美國原住民血統的佃農家庭（佃農制度 sharecropping 是美國南北戰爭結束、奴隸制度瓦解之後，因應自由黑人需要工作，而白人農場需要廉價勞工所衍生出來的變相奴役措施）。她成為有八個手足的家庭中，唯一一個拿到全額獎學金上大學的成員，她首先就讀於喬治亞洲的史匹曼女子大學（Spelman University），兩年後轉學到紐約州的莎拉羅倫斯大學（Sarah Lawrence University）。

　　沃克在大學期間，透過家裡的一臺破爛電視，第一次認識當時金恩博士所領導的非暴力反抗運動，這從此開啟了沃克批判種族主義的心智。她開始積極加入

黑之華

從美國一九六〇年代的種族民權運動，到二十一世紀的「黑人的命也是命」民權運動，黑白種族問題一直是美國社會中難以化解的難局。當膚色成為社會歧視結構的決定因素，它就也成為制約非裔人民生命中各個面向的強制力、及社會看待與反照非裔美人的濾鏡。即便輿論風向漸趨民主共容，長年以來以膚色為基準的根深社會結構，仍是非裔美人在這個國家難以逃脫或翻轉的框架。這個不正義當然是非裔美國籍作家作品中不斷處理的主題。從位處一九六〇年代種族民權運動中心的詹姆斯‧鮑德溫（James Baldwin）開始，到影響力甚巨的長青作家愛麗絲‧沃克（Alice Walker），到二十一世紀的年輕非裔美籍作家如茲姿‧派克（ZZ Parker）等，他們的作品如何刻劃他們所處時代的種族關係與非裔自我身分認同，又如何回應了從六〇年代種族平權覺醒以降的動盪歷史？由六位非裔美籍作家的數篇短篇小說，我們將勾勒出這半世紀以來的黑人文學圖像，並探索美國這個國家落實種族正義的可能與不可能。

六〇年代的黑人民權運動——幫助黑人選民註冊、參加集會、遊行、會議等等，後來正式結識了金恩博士，並被邀請至金恩博士家中，表揚她對黑人民權運動所做出的努力。一九六七年當時年僅二十三歲，剛從大學畢業的沃克，以一篇探討黑人民權運動的文章，〈民權運動：有什麼好？〉（The Civil Rights Movement: What Good Was It?）贏得了知名美國文學期刊《美國學人》（The American Scholar）的年度短文獎，開始嶄露頭角。

　　大學畢業後，沃克結識了一位猶太裔白人人權律師，他們在當時已經通過異族通婚的紐約結婚，一同回到南方繼續推動平權運動。他們落腳在密西西比州的傑克森，沃克擔任黑人歷史顧問及當地兩所大學的駐校作家，而夫婿李維托（Melvyn Leventhal）則加入美國有色人種協進會（National Association for the Advancement of Colored People，簡稱 NAACP）的法律辯護團隊，推動密西西比州的異族通婚及教育平權等重要議題。在那個風雲變色的動盪年代，沃克與李維托是密西西比州唯一一對合法結婚的跨種族夫婦。在某種程度來說，他們的結合在那個仍黑白分明、種族對立的保守年代，是平權運動最具體的代表與實踐，也是這個國家種族融合的希望。

沃克與女性主義

　　在種族平權的各個面向當中，沃克關懷最深切的是其中的性別議題。她的第二本小說《梅麗迪安》（Meridian）寫的就是在黑人平權運動中少人提及的性別歧視問題，而她最知名的普立茲獎得獎小說《紫色姊妹花》（The Color Purple）則以書信體的形式，描述文字及女性情誼（sisterhood）如何能拯救被種族歧視及父權體系壓在最底端的黑人女性。透過書寫及其他女性（包括她先生的情婦）的相挺，遭黑人及白人男性施加過亂倫、強暴、家暴、凌辱、奴役等不堪對待的黑人女主角西莉，才終於得以找回曾經扭曲變形的人格，在故事的結局脫離男性掌控，靠著自我的一技之長，在女性社群的團結支持下，走出經濟獨立與情欲自主的人生。

　　《紫色姊妹花》中女性擺脫種族及性別桎梏的故事成了沃克思想與書寫的主

力，她在出版《紫色姊妹花》之後，自創了一個「女人主義者」（womanist）的新詞彙，用來指稱黑人女性主義者。這個詞來自於黑人白話用語中的「女人樣」（womanish），在黑人文化中，一個「女人樣」的女性代表她已經具有了負責、獨當一面、無所畏懼的成熟心智。沃克用這個詞來推動女權、女性自主，更致力於號召不同女性族群的團結，深信「女性情誼」與女性覺醒是對抗壓迫及不公的最終解藥。

從南方的密西西比州回到北方之後，七〇年代沃克在當時點燃第二波女性主義運動及思潮的知名女性主義雜誌《女士》（Ms.）擔任編輯，從此與《女士》的創辦人，也就是美國女權運動的指標領袖葛羅莉亞・史坦能（Gloria Steinem）結為莫逆，正式成為第二波女性主義運動的代表性人物。

反省黑人的文化傳承：〈日常用品〉

除了六部長篇小說之外，沃克也出版過多本短篇小說、散文集及詩集。其中，收錄在一九七三年出版的第一本短篇小說集《愛與麻煩》（*In Love and Trouble*）的〈日常用品〉（Everyday Use），幾乎是沃克文選中必談的一篇。誠如沃克所關懷的女性議題，〈日常用品〉這個故事圍繞在三個女人身上：有第一人稱敘事的母親，曾被火紋身因而膽小怕事沒自信的女兒瑪姬，以及受了良好教育、衣錦還鄉、有著漂亮淺膚色的女兒迪依。短文以母親的立場道出她對瑪姬的憐惜，與對迪依愛恨交織的複雜情感。從小姿色佳又會唸書的女兒迪依享盡好處，永遠在家庭裡保持高人一等的姿態，文字及知識是她壓迫及羞辱家人的最佳利器，在離家求學前她對於家裡祖先流傳下來的舊東西不屑一顧。這樣巴不得把家裡的破爛東西跟房子燒個精光的迪依，頂著知識分子的光環回到家鄉，突然之間，她對家裡的舊房子、甚至前來吃草的乳牛都產生了莫大的興趣，她像收集田野資料的專家一樣用拍立得拍下母親及妹妹在破爛房舍前的照片。

接著她又對家裡因為沒錢買椅子，所以父親當年砍樹手作拿來湊合著用的木椅讚嘆不已，甚至連古老的木製攪乳器等都當作寶貝一樣收集，母親與妹妹也順

其意，任她帶走所有她以前根本看不上眼的文化物件。故事的衝突點發生在當迪依發現兩件祖母所織的拼被（quilt）想要帶走，母親終於出面制止，並想起當迪依要離家去上大學時，她曾提議要給她一條拼被帶去，卻被當年目空一切的迪依拒絕。母親告訴迪依那兩件祖傳的拼被是要留給瑪姬當結婚賀禮的，迪依反斥如果拼被留給瑪姬，她根本不懂如何欣賞及珍惜拼被所代表的文化價值，她只會把它們當作「日常用品」用到破爛為止。母親則反駁拼被就是要拿來用的，她反問迪依否則她要拿拼被來做什麼？迪依回答要把它們掛在牆上保存及裝飾。故事的結尾，迪依怒斥母親及瑪姬一點都不懂他們黑人的「文化傳承」，她說一個新的年代已經來臨了，但母親跟瑪姬完全狀況外。迪依憤而離去，而母親與瑪姬則坐在門外，享受迪依走後的寧靜日常。

　　這篇短篇小說可說是沃克的反省之作，在那個黑人覺醒的年代，什麼是傳承？什麼是文化？受過教育及啟發的運動分子如沃克，突然之間發現原本急欲逃離的文化及身分現在反而是賦予其力量與價值的發聲位置，於是他們回頭「挖掘」自身的文化遺產，像迪依一樣，用「保存」及「裝點」的方式將原本的「日常用品」變成「文化物件」。文化是可以隨時披掛在身的展示品？亦或是某種不喧囂的日常？又誰才是某種文化最有資格的代言人？是受過教育、能言善道的迪依？亦或是對家族歷史大小事倒背如流、並會編織拼被的瑪姬？檯面上所有為黑人抑或任何族群「發聲」的知識分子或運動人士，是不是在某種程度上也壓抑了更底層的聲音？剝竊了更深層的文化身分？當原本隱於日常的文化活動被提升到文字與評論的象徵世界（symbolic）時，是不是架空了些什麼？表面化了些什麼？但若文化不被當作文化，若物件不被保存，當它們在日常使用中被消磨殆盡、無一倖存的時候，人類文化是否又失去了些什麼？在這篇短文中沃克聰明地使用人稱敘事的角度問題，點出了這些值得文化評論者深思的議題及難局。

自剖失敗的跨種族婚姻：〈給我當時年少的先生〉

　　沃克那段飽受注目的跨種族「神奇婚姻」（magical marriage）並沒能維持，她

與李維托在結縭十年，育有一女，並從密西西比州回到紐約州之後離異。沃克二〇〇〇年出版了一本短篇故事集《帶著破碎的心向前》（*The Way Forward Is with A Broken Heart*），收錄多篇半自傳式的短篇小說，全以女性為主角，敘述她們面對心碎與絕望如何重生再起。沃克對於女性覺醒與女性情欲的關注，在她多產的著作中永遠是不變的主線。這幾篇短篇小說中最引發討論的，是第一篇自傳式短篇小說〈給我當時年少的先生〉（To My Young Husband），這是沃克多年來第一次以如此個人的筆調剖析那段失敗的婚姻。她透露她如何曾經以為那些不羈的情欲與愛慕是美國種族問題的答案，她質問如果像他們這樣吸收了平權運動的精神，並代表種族融合的結合會失敗，那麼他們這些信徒及美國這個國家該如何向前？沃克承認十年對抗制度的婚姻生活──在保守分裂的密西西比州，帶一個混血幼子，嘗試過著正常的跨種族家庭生活──這樣與制度環境在各個層面上的拉扯讓他們筋疲力竭，最終反而消磨殆盡了愛，傷害了稚子，讓他們三人彼此形同陌路。

但沃克說，「我們都是好人，好到不應該讓悲傷剝奪我們對於那幾年快樂光陰的回憶。」於是沃克寫下〈給我當時年少的先生〉這篇短篇小說，記錄那個年代的遠見、希望及曾經真實過的情愛與幸福，這些記憶都不該完全消散，因為它們確實存在過、發生過。文末沃克把這篇文章獻給「美國種族」（the American race），不分膚色、不分性別的一個相愛的種族，她說歷史不能抹滅我們這個跨種族家庭的存在，我們不僅存在，我們也是未來。

美國種族（The American Race）

沃克對跨種族情誼的相信，以及堅持未竟的過往仍能在未來實現的信念，讓沃克橫跨了六〇年代的黑人民權運動與二十一世紀「黑人的命也是命」（Black Lives Matter）新一波的民權運動。雖然她並沒有積極加入「黑人的命也是命」的政治活動，但她幾十年來對「人權」的關注──從六〇年代的黑權、與史坦能一起撐起的女權對話、到近幾年公開抗議非洲部分地區所施行的女性割禮、及最近支持巴勒斯坦民權與國權──讓沃克與各種提倡人權的實踐都形影不離。

她對「黑人的命也是命」最具體的支持，是在二〇一六年，該年六月著名的黑人演員兼黑權運動者，並剛好是黑白混血的傑西・威廉斯（Jesse Williams）在「黑人娛樂電視」大獎（The BET Awards）中榮獲人權獎，領獎時傑西・威廉斯給了一個歷時六分鐘長的演講，將黑權從黑奴時期至今的（毫無）進展鏗鏘有力地完全道盡，六分鐘渾然天成，獲得全場觀眾起立致敬。一向期待一個不分黑白的「美國種族」到來的沃克，深深被黑白結合的威廉斯所感動，在演講的隔天馬上寫了一首詩〈未來到了〉（Here It Is）獻給威廉斯，詩中讚嘆他融合了「沒有迷失」的白色與「有一個靈魂」的黑色，詩末並「向一個美麗的孩子致上三個鞠躬」，對相信「美國種族」將近半個世紀的沃克來說，威廉斯就是她的答案，就是美國的未來。

　　在文壇及人權運動舞臺上活躍近半世紀的沃克有著濃濃的政治色彩，六〇年代所孕育出的那一代黑人文人中，沃克因為早期就對性別歧視有獨特的關切，再加上七〇年代開始加入第二波女性主義運動的實踐，還有她對於情愛療癒（sexual healing）的相信，這些都讓她有著非常「入世」並主動批判的鮮明形象，當然也為她帶來許多爭議。縱觀沃克幾十年來的事業軌跡，她最大的貢獻在於將對美國黑權及女權的關注放大成為對國際人權的支持，不僅早在《紫色姊妹花》的結局中，就可以看到沃克走出美國的方向，在〈日常用品〉也可以看出沃克對於各種形式、各種族群（內部）壓迫的警覺。概括她的作品及政治觀，沃克始終相信，只有在一個沒有任何界限與隔閡的平等情愛國度中，眾多的不公不義才有任何療癒的可能。

童偉格的
公路電影

電影與藝術評論人，曾任《Fa 電影欣賞》執行主編、《國影本事》主編。國立交通大學社會與文化研究所畢業，現為國立臺北藝術大學美術系博士候選人，編過許多書、策劃過多檔影展，研究領域座落在當代歐陸哲學、東亞美學現代性與華語獨立影片藝術之間。

　　好萊塢的公路電影，無論是《逍遙騎士》式的上路離散或是《我倆沒有明天》式的末路流亡，皆是一場場向外探索的史詩巨構，童偉格式的公路電影史詩則恰好相反是向內探求的，往往是主人公哪裡都不去了、困守在海濱公路一角（即便要走也等不到公車）的那種屬於「自內離散」（inner diaspora）、「就地流亡」（exile while you are here）的反類型，換言之，是一種反公路電影的公路電影。童偉格的公路電影比較接近美國獨立電影或歐陸藝術電影式的，在運動行進速率上它像是大衛林區的《史崔特先生的故事》的拖拉機，在動機上它像是溫德斯《歧路》的英文片名那樣總是起於「錯誤的一步」（Wrong Move），在故事題材上它也可以呼應溫德斯《事物的狀態》、臺灣導演何平《國道封閉》的海岸線景致、或是瞿友寧《天空之城》中濱海小城小民的絕望，然而，童偉格小說中公路電影的祕密，卻恐怕不在於上述運動影像意義上的題材與內容，而在於時間影像如何在運動的感知機能圖式之斷裂中形塑出來？就如同，波赫士所寫的那樣，「小徑分岔的花園是個龐大的謎語，或者是寓言故事，謎底是時間。」

　　單單只用精神分析中的「退化」，恐怕不足以描述童偉格那種因「人之將死」的時空敗壞所倍增、歧出的敘事動向。因為退化是基於線性時間軸的觀念，而僅僅有著「老化」或「幼稚化」的兩個極端，無論是行將就木的老死，或是得以贖回

小說家的
電影史（事）

每個華語文學作家，都有自己的電影知識集，藉由爬梳歷來他們曾援用的古今中外電影典故，來擴大或趨近他們要談的辯證意象或生命況狀。其中，駱以軍與顏忠賢的影像用典，歷歷在目；陳雪與胡淑雯則有自我戲劇化的潛力；黃崇凱從非虛構的影像歷史轉進為虛構態勢；童偉格則滿是無盡的電影感。本專欄將檢視這樣的文學運用電影的隱喻（／影像喻説），究竟是轉開了話題？抑或是轉進了某些深邃的理路，從故事、歷史形成事件，從而別開生面。

時光來依偎的初生，Regression 一詞，比起常見的翻譯「退化」，我更喜歡「退行」一詞，雖然在學理上都是指「心理防衛機制的一種，也叫退化感情、倒退、迴歸。指的是成年人在遇到特殊的情況，如巨大的打擊或嚴重的焦慮的時候，有意識或者無意識地表現出與自己現階段年齡不相符合的不恰當行為」。（維基百科語）但在語意上更增添了某種空間之水平乃至於立體向度的意涵，但這裡說的退行，卻動搖了書寫做為留下記憶痕跡的此一機制，與記憶力的維持產生了莫大的阻抗，所以退行要如何不是對記憶痕跡的棄守或遺忘，創作者（小說家或電影導演）的退行路徑，要該如何構想和實踐呢？

在精神分析中有一個相當深刻的詞，是佛洛依德在《夢的解析》與《日常生活心理病理學》書中提到的「闢路」（Bahnung, pathbreaking, breaching, contact-barriers, facilitation），將這個詞彙翻譯為闢路的劉紀蕙教授曾寫道，「（『闢路』）它不只決定了力比多流動的方向——每一次都會重訪無意識記憶，以及流動的順序——也決定了就情感而言我們可能朝向何處而行。……我們的知覺語言使得我們持續不斷地重新開路，而透過這些路徑我們的欲望注定要前進，直到死亡之日為止。每一個透過聯想環節而被納入『闢路』的新的知覺刺激，都有延展擴張的潛力，有時甚至是朝向一個不同的方向。更有甚者，雖然隨之而生的事物表象之意義是隨著其前行者之參考意義而被決定，它也有改變過去經驗意義的能力。」而她也曾指出繼承佛洛伊德學說的拉岡對「表象」（Vorstellungen）的解釋：「快樂原則以及失落之物的再次尋獲／連結／闢路／繞道。」與童偉格創作生涯常有呼應的塔可夫斯基，以及受塔可夫斯基影響的畢贛，他們兩人的電影《潛行者》與《路邊野餐》裡，也發展出了獨特的闢路方式：脫軌潛行與路邊橫行，抵住遺忘，將記憶中的時光得以凍結、凝縮。

塔可夫斯基的脫軌潛行

駱以軍曾說童偉格是一個「無人能解的小說家」，但他在評論《西北雨》時曾給出一個電影式的線索：「我讀童偉格，視覺上那翻動著空曠的場景如此像年輕

時看的塔科夫斯基」，童偉格在《童話故事》書封折口裡則有這樣的介紹：「一名潛行於時光中的小說家」，這裡有的兩個線索，一個是想之當然爾的塔可夫斯基自傳《雕刻時光》，另外就是他那部大名鼎鼎的電影《潛行者》了。

　　塔可夫斯基總是在創造一種屬於域外的空間，這些空間往往是被世界排除在外的，如《潛行者》是一名零餘者（如舊俄文學托爾斯泰或屠格涅夫所說的那種「多餘的人」），他唯一的技術就是有方法帶各種有欲望執念的人去到那塊因核子災變而被列為禁區的曠野，並領他們去到一個永恆敗壞卻也因此常保神聖之地，在那個地方，人們可以許下願望，各種貪嗔癡都表露無遺，唯獨這位潛行者往返此地多次卻從不許願，似乎對著此地同時抱持著高度敬畏和不屑之意。在那裡，聖地既然是一處容易被玷汙之地，這同時也意味之所以神聖，代表著可以玷汙，這地方的神聖不可侵犯性即是悖論的總和本身。

　　這部電影裡頭，塔可夫斯基有兩個影像故事的操作非常具有闢路的特性，那就是這位自分莊嚴的潛行者帶著人們前往該處，原本是坐著軌道車進入禁區，但為了要抵達聖地，卻要求那些朝聖者得要脫軌下車，改為步行潛入聖地領域：首先，在空間意義上從城市到邊陲之地，塔可夫斯基更進一步讓空間序列脫了軌，把軌道車晾在一旁；再者，更重要的是，潛行者還要求跟隨者要跟他一樣在聖地領域投石問路，叮囑千萬不能走直線，否則會遭到詛咒，於是一行人就這樣絆絆磕磕、千迴百轉甚至進兩步退一步地趨近聖地中央的那間小屋，這就像是佛洛伊德所說闢路「像是西洋棋騎士所走的鋸齒型路線」那樣，迂迴卻直進，曲折而帶有攻勢，這也像是波赫士所說謎底不能成為謎面，棋盤般的方陣是塔可夫斯基的謎面，時間是他的謎底。

　　塔可夫斯基向來善於雕刻時光，他不只能像文藝復興時期米開朗基羅雕刻大衛那般讓時光從封印的石塊中解放出來的原樣烘托者，更還可以是像新世紀電影《星際效應》那樣毋須用特效就可以遊走穿梭於時空皺褶之中，並且魔術般地僅用火光與雨點就能廓清真實時間曾走過的微分痕跡，以曠野裡的人物行進勾勒出現場空間的迷陣路徑。由於時光沒有最好，場景也往往荒蕪一片，面對此般朽木不

可雕的時光與地景，塔科夫斯基有的這種摧枯拉朽的本領，或許也是為什麼駱以軍或讀者讀到童偉格時會想起他的電影來。

畢贛的路邊橫行

很多人都知道，塔可夫斯基的《潛行者》，是改編自斯特魯伽茨基兄弟的經典短篇小說《路邊野餐》，而這正也是中國新銳導演畢贛首部電影長片作品選用的片名。雖然《路邊野餐》出品時間已晚於童偉格《童話故事》前的所有小說，但據衛城總編轉述童偉格本人也很欣賞畢贛的這個作品。

畢贛的《路邊野餐》跟《潛行者》一樣，也在電影中創造了他獨有的「闢路」：在四十二分鐘的連續長鏡頭之中，人物主人公大多時間皆在攝影機的景框中，唯獨在進到河邊小村蕩麥前的神來一筆般的空間動線，以橫行、越度、岔開的方式進去他的記憶迷宮裡，攝影機彷彿神（作者）之眼自行移動無人稱地穿梭到小村窄巷的孔隙之中，可以說藉此換度到一種虛構的時間性之中，直到整夥人離開該村莊時攝影機又從原路岔了出去，以影像敘境內間差的形式完整地包裹了一個記憶的領地，《路邊野餐》是將該記憶的時空，以闢路連接的方式包裹、凍結在電影中的那個一鏡到底之中，打破了任何慣常的神經元傳導的阻抗，這是畢贛獨有的影像記憶保存術，在這個意義上，記憶不再沒有座標，不會限於佛洛伊德所說沒有對象可以進行哀悼的憂鬱之中（這或許也可以說明為什麼後來畢贛的片名從以書寫憂鬱出名的葡萄牙現代作家佩索亞之散文詩集《惶然錄》變成了《路邊野餐》）。

一如奎氏兄弟電影《地震調音師》式的記憶封存之孤島（改編自阿多佛·畢歐伊·卡薩雷斯的小說《莫雷的發明》），一如童偉格長篇新作《田園》的部分章節〈環墟〉中的湖心孤島小屋得見。而上述兩個凍結時光的小說案例，都與波赫士有關，《莫雷的發明》問世時波赫士還健在，他曾寫過該書的導讀，而童偉格的〈環墟〉，則是相當鮮明地對波赫士《虛構集》的其中一個短篇小說提出致敬。波赫士在《虛構集》中曾經對打造一座時間的無形迷宮有過很傳神的描述：「他（崔本，

小徑分岔的花園的構想者）一心想寫一部比《紅樓夢》人物更多的小說，建造一個誰都走不出來的迷宮」。然而，我們卻可能繼續要問，小說家是否也有著一樣的長鏡頭切換場景的技術，告訴我們，你正進入迷宮，或是你正活著離開迷宮？回到原點或去往他處？

童偉格的闖路逆行

在《西北雨》裡，童偉格有一段可視其為創作自述的段落是這樣寫的：「我猜想與死亡為伴的人的思維，最終是這樣的：你理解了所有你必須記下的。那時的世界對他而言，想必既小巧又寬敞。……我感到害怕的是，我漸漸喪失記憶的座標，漸漸分不清事情的先後順序了。每次當我嘗試穿透終局，嘗試訴說，那聽來，都像是另一個新故事的開頭。」這乍聽起來，是一個忠於自己的無意識任由時間對他的記憶庫進行淘選的作者，時間於他而言，是寬饒的，意義得以藉此贖還。

但是若用此一段落對應到前文各種公路電影中的種種悖論，如闖路機制中「能被遺忘」即代表「事物還被記得」，正如塔可夫斯基《潛行者》電影「能被玷汙」即代表「事物還是神聖的」，又正如畢贛《路邊野餐》電影「能被哀悼」即代表「事物還沒有進入憂鬱」等等歧義與進退維谷，作家的擔憂則傾為單向且只能或進或退。那些悖論裡的「還」，不是「時之將至」，而是「與此同時」。不是說遺忘了、玷汙了、原諒了，事物就從此一筆勾銷，而是在於這種以玷汙進行朝聖、以遺忘進行記憶、以原諒進行自恕的無意識行為仍然正在進行著、分岔著、闖路著。

用精神分析的方式談童偉格，不在於去指認他是一個對字詞單一貫注精力的精神分裂者，或是指認他是一個擅長將圖像文字化以進行自我療癒的歇斯底里症者，抑或是童偉格自言的精神官能症者：「運用自己深深為之所苦的，主動去創造不確定性。」精神分析中關於退行或闖路的描述，是那種將線性時間予以立體空間化的歧路布設。正如波赫士在〈小徑分岔的的花園〉所述：「每一種結局是另一些分岔的起點。有時候，迷宮的小徑匯合了。」

即便本文的另類公路電影案例尚不夠潛行脫軌、不夠歧路分岔，還沒有藉由

足夠空間化（spacing）的岔開而能回到核心，但能盡可能地演示，童偉格可以和塔可夫斯基、畢贛這些影像創作者一樣，既不先領死亡證明，更不去等待時間或讓時間等你，從有起點與終點的直線上脫軌，在自我主動開闢的路徑上，逆行倒施，乃至於處進異度的時空中，重新交會。

一個民族，
兩個國家

● 蔡慶樺

閱讀者及寫作者，思考的資源來自日爾曼語言、思想、文化、歷史、文學。

閱讀阿道夫・葛林默（Adolf Grimme）的《書信集》（*Briefe*），是讀一位哲學人、一位政治人、一位媒體人在一個動盪年代的一生。

葛林默這個名字在德國以外沒有什麼知名度，但他是德國上個世紀非常知名的公眾人物。他出生於一八八九年，於一九〇八年高中畢業後，進入哈勒大學讀哲學及日爾曼文學。這間學校有悠久的哲學傳統，曾經因為大哲伍爾夫（Christian Wolff）在此任教，而成為中世紀時德意志啟蒙思想的重鎮。在哈勒大學就讀期間，葛林默也去了慕尼黑大學與哥廷根大學學習，在哥廷根的日子對他有決定的影響，因為他在那裡所跟隨的教授，是以一己之力創建一個現象學學派，當時如日中天的思想家胡塞爾（Edmund Husserl）——巧合的是，胡塞爾也是從哈勒開始其哲學講師生涯，並在那裡寫就名作《邏輯研究》（*Logische Untersuchungen*）後，獲得哥廷根大學正教授教席。這對師生，都有從哈勒走向哥廷根的經歷。

雖然他是用功的學生，但是並未把興趣放在學術上。學生時代的他想成為一位老師，也取得了教師資格，畢業後除了教育工作，也加入社會民主黨，開始投入政治。一九二〇年代他踏入政壇，成為教育行政的重要官員，最後在一九三〇年成為普魯士教育部長。

納粹上臺後，左派立場鮮明的他，立刻被迫離開了教育部，成為無業者。他加入了「紅色教會」（Rote Kapelle）反抗組織，因為對於叛國知情不報，於一九四

情／書

某種意義上班雅明寫過這個專欄。他被納粹放逐到瑞士時，擇選、引介、評論了二十五封德語區文人的書信，編為《德意志人》一書，盼從這些書信往來中萃取出抵抗暴政的德國文化力量，可見書信是如何重要的文類。這個專欄談的也是書信，也是德意志人。我們一起細讀那些信吧，讀那些德意志人的生命、那些德意志人的情與書。

三年被判三年徒刑。他就這樣被囚禁於獄中，直到終戰。

戰後，他再次踏入政壇，被選為下薩克森邦議員，並於一九四八年擔任教育廳長。該邦教育廳長同時兼管西北德廣電集團（NWDR），就這樣他踏入了媒體界。一九六三年過世，隔年，為了紀念他，開始頒發葛林默獎（Grimme-Preis），多年來已成為德國電視廣播界最重要的大獎之一。而為表彰他在媒體長年的貢獻，媒體研究相關機構葛林默研究所（Grimme Institut）以他命名，其名字至今仍為德國人所記得。

因為擔任過教育界及媒體界的高層，他來往的對象不乏德國學術界、藝文界與新聞界的知名人士。這本《書信集》收錄了一九〇〇年到一九六三年之間二百二十九封與親友及這些左右德國命運之人的通信，從十一歲到過世那年，從威廉帝國到聯邦共和國。這些信收錄的不只是他的一生，還是他同代人的一生，以及四個德國的動盪。

葛林默的第一個國家是威廉時代的德意志帝國。在一八八九年出生的人，還有哲學家海德格、維根斯坦。他們在俾斯麥主導下的帝國強盛之時成長，見證了德國如何在世界舞臺上崛起，他們見證了世紀之交，普魯士如何把德國打造為歐洲的中心，甚至成為與大西洋彼岸的新大陸美國競逐科技、學術、工業現代性的大國；然而，他們也見證了帝國的崩毀、第一個共和德國的誕生，以及這個共和國被希特勒帶向人類的浩劫；他們也見證了法西斯主義的崛起與潰敗，見證了德國再造民主，從道德與政治的廢墟中舉步維艱地站起來。

威廉帝國、威瑪共和、第三帝國、聯邦共和國，葛林默與他的同代人似乎永遠是亡國的遺民。順帶一提，希特勒也出生於一八八九年，那真是承載著德國宿命之年。

《書信集》中首先最引我注意的是一位哲學大師與其弟子的情誼。一九二九年四月五日，葛林默擔任普魯士教育部次長，從柏林寫了一封信給胡塞爾。因為當年四月八日是胡塞爾的七十歲生日，他在信中寫道，不確定教授是否仍記得他這位昔日的弟子，但是他無論如何不能對老師的生日視若無睹，因為，一戰前在哥

廷根與胡塞爾的相遇，「決定了我的生命方向」。他說：

　　我知道，倘若我不是您的弟子，我將不可能成為今日的我。我在課堂上以及學校管理中體驗到了，現象學對一位教育者來說會有什麼意義……。

　　葛林默雖說不確定胡塞爾是否仍記得他，但哲學家沒有忘記他的學生。一九三三年，葛林默被趕出了教育部，胡塞爾顯然聲援了他，即使做為猶太人的胡塞爾自己都身在更艱難的處境裡。胡塞爾雖已退休，但被納粹剝奪繼續教書的資格，而接任的海德格並未站在其導師那一邊，後來一九三八年胡塞爾病逝，葬禮來人孤零，校方只派了一人出席。

　　一九三三年十一月二十六日，葛林默提筆寫信感謝胡塞爾的支持，以一位「思想資產的弟子、人性的弟子」之身分；也感謝因為胡塞爾早年的學術訓練，使他離開政壇後還能為一家學術出版社擔任校閱勉強維生。胡塞爾為他留心國外工作機會，勸他流亡，同時也有許多昔日的朋友已逃到國外，並勸他同行。可是他說，德國仍是他的國家，他不願為了危險而背棄德國，雖然在那個時間點，國族情感與德國這個理念看來如此不合時宜。

　　為什麼在一個人人皆稱愛國的時代裡，他說國族情感看似過時？因為他所堅持的德國，並非當時政治正確的德國。他的德國是胡塞爾給他的德國，一個充滿思想資產與人性的國度。「對我來說，幾乎在我們這個國家（Lande）存在著國家對抗國家（Nation gegen Nation）的情形，好比我們是兩個國家中的同一個民族（ein Volk von zwei Nationen），不然的話，根本無法理解今日處境」，葛林默寫給老師的這段文字，代表了當時某些人的信念：現在所見到的德國並不是全貌，政治與瘋狂之外，還存在著為人類保留永恆文化資產的國家，存在著有胡塞爾這樣的哲人在幾百年學術殿堂上淬煉真理的國家。正是這樣對一個更好國家的信念，支持某些人撐過了獨裁時期，也促使某些人奮起為國家對抗國家的內戰而獻身——一九四四年刺殺希特勒失敗的德國軍官史陶芬堡，行刑就義前便高喊著：

祕密的德國永存！

　　於是葛林默選擇了在德國境內流亡，為了仍然相信終有一天他與胡塞爾共享的那個國家會在這場內戰中獲勝。「內在流亡」（Innere Immigration）是當時不願離開德國的文人提出的概念，對他們來說，即使人在本國，都已如同異鄉。

　　戰後，即使擔任西北德廣電集團總裁時權傾一時，也沒有忘記自己曾經是胡塞爾弟子的身分。一九五四年，他寫信給哲學家芬克（Eugen Fink），海德格的同學、胡塞爾晚年的助手，當時是弗萊堡大學哲學教授，也是比利時魯汶胡塞爾文獻中心的創始人之一。葛林默對芬克說：「您知道我與胡塞爾的作品之間的思想關係，以及我個人與胡塞爾其人之間的關係。因而，我想對於胡塞爾之遺作的編輯出版略盡棉薄之力，他的遺作是〈哲學做為嚴格科學〉（Philosophie als strenge Wissenschaft）的重要根基，依我之見，他是笛卡爾之後最具意義的哲學家，其作品不應該被束之高閣。」* 為了感謝胡塞爾帶給他的那「創造性的力量」（die formenden Kräfte），他盼能夠匯入一千馬克以協助出版。

　　《書信集》中另一個吸引我注意的面貌是政治家。在葛林默擔任教育部長任內，一個重要的任務是把海德格請到柏林來。教育部主管普魯士的大學事務，在高等教育上有極大權力，可以決定大學預算及聘用教授。做為昔日的哲學系學生，葛林默一心想把普魯士的哲學打造為全德最強的哲學系，而這就必須爭取最好的師資。做為胡塞爾的學生，他清楚知道，要達成這個目的他要爭取的只有一位哲學家：胡塞爾的另一位學生，剛剛出版《存有與時間》的那位。

　　但這並不是容易的任務，當時的海德格已經接任胡塞爾的教席，在黑森林旁的弗萊堡大學成為哲學系之君王，如一塊強大的思想磁石，吸引了高達美等一流哲學家前往弗萊堡。一九三〇年五月十四日，葛林默寫信給海德格：「政治家的任務是，去影響即將成形的決定，或者至少得嘗試，改變已經做出的決定。面對哲學家時，這樣的態度並不適宜，因哲學家都是出於必要的理性思想以及靈魂的

---

* 這篇文章是胡塞爾任教哥廷根時，於一九一一年發表於《邏格斯》（Logos）期刊之長文，是其思想發展的一篇重要文獻。胡塞爾在此提出哲學的新轉折，拒絕自然主義或歷史主義對哲學的定義，認為這些思潮都把哲學限縮在心理學的一支或一種世界觀內。他強調，哲學應有自身的方法、理論根基，那就是探究意識的現象學。該文開章便強調，自有哲學始，哲學便企圖達成嚴格科學的目標，以其純粹理性在倫理及宗教意義上為生活提供規範。胡塞爾確認了這個目標，並認為以現象學方法才能達成。該文因此可被視為他將哲學地位提升到不附屬於任何學科之現象學宣言，而其發表時正是葛林默跟著胡塞爾學習哲學時，對他的影響甚大。後世回顧納粹時期的德國思想史，看到那麼多哲學家在意識形態下倡導哲學做為一種「世界觀」的政治功能，更可感受胡塞爾當年拒絕哲學的世界觀角色、定義哲學為毫無雜質的嚴格科學，是一種多麼值得珍惜的理論立場。

必然性，才會做出一個特定的決定。不過對我來說卻非那麼不適宜，因為我雖然開始時以被任命的教育部長身分，以形式口吻向您說話，但我也以另一種身分致函：事實上及理念上我也是哲學的仰慕者，並且在謙遜的意義上，我是哲學的學徒。」

葛林默會說他不知好歹地想改變已經做成的決定，是因為他剛被任命時，便知道自己第一件要做的事是，讓海德格能在柏林大學登壇講學，並邀請海德格赴柏林一敘，海德格去了柏林，但拒絕其所請。這封信是他的再次嘗試。

他寫道，在海德格說出最後的拒絕前，他想再表達自己的願望。他不敢再次要求海德格舟車勞頓來柏林，但是請先勿一口拒絕，因為他將派出其次長李希特（Werner Richter）前往弗萊堡再與海德格詳談，盼能找出其他可能性。

在信中，葛林默對海德格說：「我毋須再次對您重述，在柏林的哲學，尤其是形上學，必能在您的影響下走上一個特定方向，而能達成突破。如果依照我們討論過的，如果您可以不需要放棄、或至少現在不用立刻放棄您在弗萊堡的工作，我極為樂見。」顯然，為了爭取海德格，葛林默曾與他討論過兼顧兩地任教的方式。

葛林默請求海德格接待李希特，並暫時不要把拒絕柏林大學之事公諸於眾，他仍抱著最後一絲希望。倘若這次拜會後，海德格仍拒絕，那麼不管再怎麼痛苦他都將尊重海德格的抉擇。只是他不想，「在為柏林爭取這樣的哲學大師上有任何未盡力的嘗試。我深信，在此地，這樣的哲學者能發揮對於整個德意志精神生命最大的影響力。」

被派去盡一切努力挽回海德格的李希特，原為大學日爾曼文學教授，同時兼任教育部大學事務處處長。葛林默原以為這位海德格的學術同行能夠在最後的努力上說服哲學家，但最終仍失敗了。海德格終究沒有離開黑森林。於是我們讀到了那篇知名的〈為什麼我們留在鄉間？〉（Warum bleiben wir in der Provinz?），海德格稱讚，對他說勿去柏林的老農，才是真正領會存有意義的人。

三年後納粹掌權，對政府裡的左派及猶太人開始發動清算。三月七日，葛林

默寫信給總統興登堡，請求查明留在他信箱內的一張紙條是怎麼回事。那是前天警察來過留下的紙條，表示接獲命令，必須檢查他的護照，要求在二十四小時內向警方報到。對於一個部長，這是極不尋常的盤查舉措，顯示納粹已經開始清洗政府內的不正確成分，而葛林默也已失勢。很快的，他離開了教育部長的職位。

他不曾見到柏林成為主導全德國哲學發展的中心，但有一點他說對了，海德格對於整個德意志精神生命有著極大的影響。警察來查扣他護照後一個多月，海德格就任弗萊堡大學校長，在就職演講中要求學術服務、勞動服務及軍事服務合一；而形上學在這位黑森林的哲學帝王影響下確實走上一個特定方向——其形上學導論課程裡，敘說著國家社會主義內在真理的偉大。

葛林默在寫給胡塞爾的信中說，當時的德國如同國家對抗國家的情境，而迫害者與受害者是兩個國家中的同一個民族，這樣的描述放在哲學界不也貼切？存在著堅持哲學做為嚴格科學的思想者，但也存在著推崇政治狂熱力量的偉大真理的思想者。一個堅持真理做為人性的救贖——這正是弗萊堡大學的校訓「真理將使你們自由」（Die Wahrheit wird euch frei machen）的意義；一個相信「哪裡有危機，哪裡便有救贖」，奮力一搏以讓德國人成為改寫西方形上學的民族，才將使我們自由。哲學家對抗哲學家，同一個哲學民族，卻分屬兩個國家，海德格，選擇了與胡塞爾及葛林默不同的祖國。

葛雷默逝世前兩年，柏林圍牆被建起。他生命最後的階段，再一次見證了三十年前他寫下的「國家對抗國家、兩個國家中的同一個民族」，以多麼驚人的方式貼近歷史。

字母 LETTER：童偉格專輯

Jun. 2018 Vol.4

作者	衛城出版編輯部｜策畫
編輯委員	丁名慶、陳蕙慧、楊凱麟、黃崇凱
總編輯	莊瑞琳
編輯	吳芳碩
行銷企畫	甘彩蓉
攝影	汪正翔
封面設計	王小美
美編及排版	白日設計 Baizu Design Co.

社長	郭重興
發行人兼出版總監	曾大福
出版	衛城出版／遠足文化事業股份有限公司
發行	遠足文化事業股份有限公司
地址	23141 新北市新店區民權路 108-2 號 9 樓
電話	02-22181417
傳真	02-86671065
客服專線	0800-221029
法律顧問	華洋法律事務所｜蘇文生律師
製版	瑞豐電腦製版印刷股份有限公司

初版一刷──2018 年 6 月
定價──300 元

預告

●字母 LETTER Vol.5: 胡淑雯專輯｜ 2018 年 8 月
●字母會第四季 T — Z ｜ 2018 年 10 月

字母會
Facebook https://www.facebook.com/acropolisletter/

衛城出版
Email acropolis@bookrep.com.tw
Facebook http://zh-tw.facebook.com/acropolispublish

國家圖書館出版品預行編目（CIP）資料

字母 LETTER：童偉格專輯／衛城出版編輯部策畫／
初版 新北市 衛城出版 遠足文化發行 2018.06
200 面 17×23 公分（字母；17） ISBN 978-986-96048-5-7 平裝
1. 世界文學 2. 文學評論 3. 文集
810.7 107003081